知乎
有问题 就会有答案

故事好像总是重演

马家辉 著

群言出版社
QUNYAN PRESS
·北京·

图书在版编目（CIP）数据

故事好像总是重演 / 马家辉著. -- 北京：群言出版社，2023.6
ISBN 978-7-5193-0814-8

Ⅰ．①故… Ⅱ．①马… Ⅲ．①随笔－作品集－中国－当代 Ⅳ．① I267.1

中国国家版本馆 CIP 数据核字 (2023) 第 018416 号

责任编辑：陈　芳
版式设计：刘宇宁
封面设计：尚燕平

出版发行：群言出版社
地　　址：北京市东城区东厂胡同北巷1号（100006）
网　　址：www.qypublish.com（官网书城）
电子信箱：qunyancbs@126.com
联系电话：010-65267783　65263836
法律顾问：北京法政安邦律师事务所
经　　销：全国新华书店

印　　刷：三河市兴博印务有限公司
版　　次：2023年6月第1版　2023年6月第1次印刷
开　　本：880mm×1230mm　1/32
印　　张：8
字　　数：184千字
书　　号：ISBN 978-7-5193-0814-8
定　　价：59.80元

【版权所有，侵权必究】

如有印装质量问题，请与本社发行部联系调换，电话：010-65263836

还愿之书,可用之书
——写在『马家辉向大师借智慧』三本书出版前

大概十六七岁的时候吧,我买了一套三册的《大人物的小故事》,一读再读。四十多年过去了,这套书至今仍然留在家里书架上。

这套书分门别类地简述了古今中外的科学家、军事家、思想家、艺术家、政治家等的行谊和妙语,点破他们如何用幽默化解尴尬,用智慧扭转逆境,用坚忍面对挫败,诸如此类。这些材料现下在网上皆可轻松地读到,但在20世纪70年代后期,能把这么博杂的故事集合,并用这么简洁的文笔阐述,对成长中的读者来说是非常大的功德养分。书里的大人物都是我的"老师",在摸索前行的日子里,每当遭遇现实的不堪,我都会想起他们的吉光片羽,由此取得激励,从而有了更强大的力量。

多年以后,我读阿城的散文,他忆述年轻时读荷兰裔作家房龙(Hendrik

Willem Van Loon）的通俗著作，例如《人类的故事》和《宽容》，眼界大开，通识拓阔，他觉得自己"欠了房龙一本书"，有机会要写书向房龙致敬；多年以后，阿城终于写了《常识与通识》，还了所"欠"，对新一代的年轻读者也深具启蒙之功。

阿城的书债感慨亦是我对《大人物的小故事》的感慨。这些年来，我一直想用浅显的语言说说名人生平，目的无他，只是渴望对年轻人有所鼓励和启发。谁的生命没有困顿、挫败、低潮呢？你绝非例外，而既然曾经有人用如彼或如此的方式应对，你亦不妨试试，尽管大家的处境不同、背景有异，能力亦不太一样，但，读读吧，想想吧，他人的经验对你或许终究会有或大或小的参考价值。若能写出一本"可用之书"，我将心满意足，觉得是还了《大人物的小故事》之债。

《大人物的小故事》编著者是周增祥先生。

周增祥，1923年出生于上海，1998年逝世于台北。我在网上找到这样一段哀伤的文字："出身于书香门第，自幼喜爱艺文，因值战乱，一生尝遍辛酸拂逆，中年又得一智障儿，幸而从书本寻求慰藉，并从事励志写作。"

我暗暗好奇：当年在书桌前、在灯光下，周先生编撰一本又一本的励志书籍，固然是为了启蒙读者，但必同时有自我勉励的幽微意思吧？环境是困难的，日子是困顿的，可是，在费劲搜集、爬梳、阐述名人故事的过程中，我猜想周先生的灵魂能够暂时脱离颠沛的现实，先于读者从文字中寻得撑持，在帮助读者以前，这些书先帮助了他。我不禁替周先生感到一阵苦涩的高兴。

出版"马家辉向大师借智慧"系列这三本书之于我是圆一个夙

愿，还了所"欠"，希望你不仅喜欢，更觉得有用，如同当年我对周先生的书。

是为前言。

注记：这三本书源起于我在"知乎"上的一档语音节目《马家辉年课：向百位大师借人生智慧》。把声音转化为文字，需要做大量的资料修订、增补、查考的工作。我非常感谢"知乎"的工作团队，不可不记，不该不记。

故事好像总是重演

目录
Contents

○ 篇章一　**自我·力量** / 001

弗吉尼亚·伍尔夫：建立自己的房间 / 002

玛格丽特·杜拉斯：我爱的是爱情 / 012

简·奥斯丁：什么是美好爱情 / 021

多丽丝·莱辛：一辈子都在出走 / 028

弗里达·卡罗：长胡子的女人 / 036

苏珊·桑塔格：因为世上有文学 / 045

玛丽·居里：居里不是夫人 / 055

项美丽：自信的"坏女孩" / 065

○ 篇章二　**才情·创造** / 073

肖邦：我心所在即是安处 / 074

毕加索：被爱情充满的艺术家 / 082

王尔德：忠于爱情的才子 / 091

竹久梦二：画家和他的三个女人 / 101

诺贝尔：无法忘却的红颜知己 / 110

福楼拜：长久凝视的魅力 / 118

钱锺书：智慧又刻薄的大才子 / 127

郁达夫：生怕情多累美人 / 137

○ **篇章三 时代·沉浮** /145

苏青： 用行动反抗命运 /146

关露： 女潜伏的悲歌 /154

潘柳黛： 爱才不如爱财 /163

白光： 一代奇女子 /171

张幼仪： 自强也有好运气 /180

董竹君： 一个世纪的勇气 /189

任剑辉： 英气十足的"戏迷情人" /198

小明星： 鸳鸯命薄红颜丧 /205

○ **篇章四 浮生·尽风流** /213

新马师曾： 邓家争产事件簿 /214

邵洵美： 慷慨的悲情诗人 /220

黄霑： 潇洒自风流 /229

林燕妮： 纸稿上洒香水的浪漫才女 /238

The Answer to Life

篇章一

自我·力量

与你那时的面貌相比,我更爱你现在备受摧残的面容

弗吉尼亚·伍尔夫：建立自己的房间

我们谈论胡适时，提到他十多岁时跟一个没有读过书的乡村女孩订婚，一辈子对太太不离不弃。人们对此的普遍评价是：胡适非常伟大，对妻子很负责任。但很少有人倒过来看，问这样的问题：为什么出去留学读书、发展自我的是胡适，而不是他未婚妻？为什么他未婚妻不能出去读书，开展自己的事业，而只是成为一个伟人的妻子呢？在从前的语境下，胡适的妻子能把丈夫留下来，就已经是她最大的成就了。性别之间，男女之间，真的这么不平等吗？看起来貌似是这样。

我们谈论富兰克林时，也说他伟大。他有个太太，太太为他生了几个小孩，她太太的聪明才智可能不逊于富兰克林，甚至可能还超越他，可是为什么还要留在家里当一个太太、一个母亲呢？为什么不能开展自己的事业呢？这些问题只要我们把性别倒过来看，就会发现中间有很多问题。

相反，英国有一个女作家——伍尔夫，就用她的生命在文学领域实践，去争取她的成就。

1929年，伍尔夫将她的演讲、散文、笔记集结，出版了一本书，翻译成中文名叫《一间自己的房间》。她在书中创造了一个虚拟人物——莎士比亚的妹妹。假设莎士比亚有一个妹妹，她的聪明才智、文字能力、幽默感、想象力和莎士比亚如出一辙，她能够做什么呢？她在英国的那个年代，能够像莎士比亚一样，进行自己的艺术创作、丰富自己在戏剧等方面的文学生命吗？伍尔夫的答案是——不太可能。

伍尔夫出生于1882年，即19世纪末期，而书中的故事设定在16世纪，是更早以前的英国。伍尔夫在故事里说，假设真的有这样一个很有个性的妹妹，家里指定让她嫁给一个年纪比她大的商人或者年纪更小的贵族，她可能因为不喜欢，就逃婚了。逃出去后，她可能生病，可能挨饿，可能穷困潦倒，可能死，也可能找到她的爱人，成为另一个男人的太太，几个孩子的妈妈，而这已经是莎士比亚的妹妹可能取得的最大成就，得到的最好的结局了。

在当时的情况下，女人写作，还成为诗人、作家，很容易被认定是一个迷失的、找不到自我的艺术家。女性创造出来的艺术作品，甚至她们说的话，都是被放在次等位置上的。

在伍尔夫看来，当时的女人最大的成就是成为伟人的母亲或是伟人的妻子。女人不是伟人，她的存在、位置、价值、成就，是不被全面承认的，仅仅在依附于一段与男人的关系中，才是被认可的。在这种情况下，女人不仅不被外界承认，更可怕的是，女人自己也不敢承认自己。所以，相较男人，女人作为一个性别存在时，是残缺的。

伍尔夫有一句名言，她说："身为女人，我没有国家。身为女人，我不需要国家。身为女人，我的国家已经是全世界了。"女人的世界可能就是围绕着身边的男人——丈夫、父亲、孩子。就算她有所谓的"国家",身边的男人也已经变成了她的全世界。她没有属于自己的世界。简而言之,女人是通过另外一群男人的存在,来界定她自己的存在。

《一间自己的房间》是本很聪明的书,在书中,伍尔夫还讲了很多自己的亲身经历,关于她如何努力,如何幸运,才有了自己的房间。

19世纪末期的英国,女人连去图书馆都要有其他女人的陪伴,而且不准有自己的收入。社会都是以男人来界定女人的。所以在这样的背景下,伍尔夫才会说,一个女人一定要有自己的房间,而且每一年要有500英镑的收入,来维持自己的生活。一笔稳定的收入,可以让人的情绪产生很多变化。世界上没有力量能够夺走我的500英镑,食物、房屋、衣服,永远属于我,不仅再不需要劳神费力,不需要抱怨,痛苦也不存在了。因此,我没有必要敌视男人,仇恨男人,男人无法伤害我;我也没有必要去取悦男人,因为男人不能给我任何东西,我也不需要男人的任何东西。

这个道理牵涉了一个问题,就是贪婪的欲望。不管男女,无论是在19世纪的英国,还是在当下,人们心中都会或多或少被植入一些观念:女人要有自己的成就,但同时也要得到男人的认可;而男人有自己的成就,也要与女人分享他的成就。这个成就可以是名誉,也可以是财富。

就现在的女人来说,有了500英镑,甚至500亿英镑后,有些女人还是想取悦男人,想从男人那里多拿一个包包。张爱玲在一次采访中说:"用丈夫的钱,如果爱他的话,那却是一种快乐,愿意想自己是吃他的饭，穿他的衣服。"

这就意味着，有了稳定的财富，还不能确定女人就有了独立的成就。伍尔夫也看出了这一点，她在后来的小说、散文、评论中都有提及。在性别和财富以外，还有很多考虑，比如种族。不同种族的女人跟不同的男性交往所产生的关系形态，都会影响她们。女性应该如何来安顿自己的生活，如何面对自己的性别呢？听起来伍尔夫也是很迷惘的。她的迷惘来自两个部分，一部分源于她个人的生活背景、成长背景，另一部分就是时代了。

伍尔夫的父母给她取了全名艾德琳·弗吉尼亚（Adeline Virginia），可她自己只用了中间名字弗吉尼亚。后来她嫁给了一位姓伍尔夫（Woolf）的男人，也即伍尔夫先生，便开始以他的姓作为自己的姓氏。作为一个女性主义者，伍尔夫注重女人的价值和独立地位。不过，可能是因为她对丈夫的爱，也可能是因为时代环境，伍尔夫一直用她先生的姓伍尔夫作为自己的姓，取代了她原本的姓斯蒂芬（Stephen）。

用先生的姓作为自己的姓，那她自己到底在哪里呢？她自己的姓，从另外一个角度看，其实也是父亲的姓，也是另外一个男人的姓。如果真的要凸显女性的独立存在，应该连姓也改掉，所以可能伍尔夫也有她自己的考量。

伍尔夫十多岁的时候，母亲、姐姐相继去世，22岁时父亲也离开人世。每一个亲人的死亡，都给她带来很大的精神打击，她崩溃了不止一次，甚至几次进入精神病院治疗休养。伍尔夫父母是二婚，结婚以前各自有过家庭，且都有孩子，其中一个同母异父的哥哥，曾经对她性侵，还性侵了姐姐凡妮莎（Vanessa），这件事对她精神打击也很大。

进入20世纪,各地城市兴起,各种科技的发展也给生活带来转变。面对现代的潮流和生活环境,伍尔夫也开始了她的探索,并把她的探索反映在小说散文创作中。

23岁时,伍尔夫和姐姐搬到伦敦一个名叫布鲁姆斯伯里(Bloomsbury)的地方,和一群艺术家、评论家、画家交往,其中还包括后来非常有名的经济学家凯恩斯。这个被称作布鲁姆斯伯里派(Bloomsbury Group)的群体很出名,整天吃喝玩乐,谈艺术、音乐、创作、文学等等,他们用绘画、小说、音乐,甚至经济学的思想来探索现代。

什么叫"现代"?假如用文学来定义,就是个人如何认知这个世界,什么是"我(self)",个人如何感悟到"我"的存在,如何把个人跟新时代的关系表达出来,这些问题广泛地被人们讨论。在文学方面,意识流的写法开始盛行,大量内心独白、思考,还有对于时间认知的扭曲(用现在的话来说,可能就是穿越)也广泛出现。

现代的穿越是有意识的穿越,好像时间能够回到从前,或者跳到未来。可意识流的时间扭曲,是一种时间的迷乱、零散化与片段化。伍尔夫将这些现代主义的手法展现在她的多本名著里,其中还围绕着另一个很重要的议题——人的性别。像她的名著《达洛维夫人》(*Mrs.Dalloway*),写的是发生在一天里的故事,故事中的妻子跟另一个女生有暧昧关系。一出场,达洛维夫人就说:"She will buy the flower herself(她会为自己买花)。"这样你就看到,一个女人买花给自己,之后再展开大量内心独白。比如这位妻子如何面对科技改变她的生活，如何面对与另一位女性之间的微妙情感，以及她又如何来处理她的挣扎。这本书后来被改编成了一部电影《时时刻刻》（*The Hours*），非常精彩，感兴趣的话可以去看看。

伍尔夫之后还写了《到灯塔去》，通过一位退伍军人对时代变迁的恐惧，来探讨时间的迷乱。她用了 20 页来讲述一个十年间好像什么都没发生的故事。主人公在海边的房子里，零零碎碎又持续不断地进行内心独白：找寻自己到底身处何方，明明知道自己在哪里，又不知道自己在哪里……对读者来说，这样的内容可能看起来很混乱。

当然还有很著名的《奥兰多》。300 年间，一个人不断转换性别，做各种事情。有时候是男，有时候是女，变化多端。这本书是伍尔夫为她的女性朋友薇塔写的一本小说，里面包含多重性别以及不同时代的人的声音。

这种写作手法，在她另外一本小说《海浪》（*The Waves*）里也使用过。六个人好像是同一个人，重复同样的话，根本不知道自己是谁，故事里充斥着身份的混乱与时间的迷乱。

再后来，是一些演讲和笔记的结合——《三枚金币》：有一个男人，写信问作者如何阻止战争。她就回答他，你可以捐三枚金币，通过发展教育来让社会平等。在这本书中，伍尔夫探讨了战争的意义。战争不仅仅是邪恶的世界与追求和平世界的对抗，战争源自父权，而父权的根源，又牵涉性别、阶级等。书中深入讨论了整个父权的界定、结构、思考、理想等。正是对战争的深层次思考，让伍尔夫这样给提问的男人回信，她说：我很难给你答案，假如你期待我用你的语言、方法来思考，这样是不行的。我们要阻止战争的出现,只能寻找新的语言,创造新的方法。所谓新的语言与方法,不仅是表达、写作、说话、思考,还是我们面对这个世界的角度。所以在《三枚金币》中,伍尔夫故意用很多打断读者思考的标点符号,比如点、线、三节线、括号等,不让读者陷入旧的语言、旧的思考方法里,而是用新的角度来看这个世界。

这些作品让伍尔夫闻名于20世纪。一直以来,谈到女性主义,谈到人跟世界的理解、相处的方法和语言,都跳不开伍尔夫关于阅读的挑战。

如前文所提到的,伍尔夫后来跟一个非常爱她的伍尔夫先生结婚了。伍尔夫先生本来是外交官,认识了年轻漂亮的弗吉尼亚后,深深地爱上了她。可有趣的是,据说他们的婚姻是没有性的。这是因为弗吉尼亚知道自己是个同性恋者,她最喜欢的是她的女性朋友薇塔。但这并不影响两人的精神之交,他们还是非常相爱。为了弗吉尼亚,伍尔夫先生放弃他的政治生涯转而开始写小说,后来成为一位历史小说家。为给妻子出书,也为了赚钱,伍尔夫先生甚至买了一台小机器在家里印书,他还会安排弗吉尼亚的娱乐生活,以缓解她的精神紧张。

两人一直相爱相亲,到了1941年,也就是伍尔夫59岁的时候,面对第二次世界大战和整个社会的压力,加上她自己精神疾病的变化,伍尔夫的抑郁症发作了。她在自己衣服的口袋里装满了石头,慢慢走进河里淹死了,终年59岁。

不算短暂的生命中,伍尔夫留下很多作品,也有很多名言。她一辈子很注重语言,她说:"语言是嘴唇上的美酒。"她也说过:"别人的眼睛是我们的监狱,别人的思想是我们的牢笼。"她认为人必须跳开性别的捆绑，一个男人一定要像女人一样生活，一个女人一定要像男人这样生活。这个想法很经典，让大家打破了我们通常所说的"性别"观念。我们找出的染色体XY、基因、商业等等这些定义，不过是父权控制上的科学概念而已，实际上男女根本上是同体的。这是我的信念，也是伍尔夫的信念。

阅读小彩蛋

我们来读一读伍尔夫投河自尽前，写给她丈夫的遗书：

亲爱的，我的最爱，我确定我要发疯了。我觉得我已经没办法再次熬过这种恐怖的时刻，而且这一次我是不可能好起来的。我开始幻听，没办法专心，所以我现在所做的就是眼前最好的选择。你给了我至高无上的幸福，你对我的关怀已经不可能有人能超过，直到这个恐怖的疾病降临以前，我一直不认为世界上有任何人比我和你在一起更幸福。我已经无法，也没有力气跟病魔搏斗了。

我知道我一直在破坏你的大好人生，如果没有我，你就能好好工作，我知道你一定会的。看，我竟然连这张便条，连这张遗书都写得不好。我没有办法阅读，我要说的是，我一生所有幸福都归功于你，你一直对我很有耐心，对我无比地好。

阅读小彩蛋

我想说的是，人人都知道你对我的温柔，如果世界上只有一人能够救我，那个人一定会是你，如今一切都已经离我而去了，只剩下你对我不变的善良。我不能继续这样破坏你的人生，世界上再也没有人能像我们当初那么幸福。

这份遗书点出了一件事情，我们好像很少看到有男人自杀前会留遗书，会后悔、遗憾、内疚自己耽误了妻子，而女作家，即便她们强调的是女性主义，她们一方面还是用丈夫的姓为姓，另一方面自杀前还是很内疚，觉得自己耽误了丈夫，好像自己犯了重大过错一样。这中间就透露了一些性别问题，即便当事人很警觉，也会不由自主受困于性别意识。这种思想以一种察觉不到的形式将人的思想绑住，就算天才如伍尔夫也一样。

玛格丽特·杜拉斯：我爱的是爱情

不知道大家有没有看过电影《情人》(*The Lover*)，男主人公由梁家辉扮演，电影中有几幕，他跟女演员躺在床上，但你不会有色情的感觉。或许你会觉得有一些挑逗，可是那种挑逗不一定让你产生性冲动，而是会让你觉得生命、肉体跟人之间的关系竟可以如此美好。

《情人》这部电影基于法国女作家玛格丽特·杜拉斯的小说改编。杜拉斯自己说过，当然外界一般也这样认为，电影或小说里的故事很大程度上反映了她个人的成长经历。也就是说，在现实生活里，杜拉斯的确跟一位年纪比她大的华人在越南谈过一场浪漫的恋爱。

我们大概来了解一下杜拉斯的背景，再来分析这场恋爱。她谈过的恋爱太多了，不止这一场，一场比一场轰轰烈烈。

杜拉斯虽是法国人，但1914年出生在越南胡志明市，原来也叫西贡，在当时被称作嘉定。杜拉斯的父母都是老师，父亲教数学，母亲是小学老师。杜拉斯7岁的时候，父亲去世，母亲一个人扛起家庭，带着杜拉斯还有两个哥哥，试图创办一所小小的学校。为了提高生活质量，家里同时还在柬埔寨投资房地产。一些传记记载，杜拉斯母亲因为不肯行贿当地官员，租的那块地没办法用，日子过得很惨。

杜拉斯虽然在越南出生，却生活在一个法国人彼此紧密联系的圈子里。所以在她眼中，越南充满了异国情调，对越南的感觉也展现在她一部又一部小说里。杜拉斯不仅写小说，也写了很多杂志、报纸中的专栏文章。她还当过编剧，编了很多电影剧本，有些是全新创作的，有些则改编自自己的小说。她也当监制，甚至做过导演的工作，拍过一些影片，获得了周围人很大的肯定。

简单来说，她是个才女。这位才女不仅在文学和电影创作上有才华，也很勇敢。她的生命历程中，特别是在两性关系里，展现了她作为女性无比的勇气。她又把在现实生活中的种种经验和感受转化成文学艺术，展现在她的小说里，进而成为一个偶像人物。杜拉斯的书非常畅销，影响力很大，一代又一代的文学读者，特别是关注女性主义的读者奉她为"女神"。

杜拉斯17岁离开越南，回法国读书。离开之前，她经历了一场很浪漫的爱情，就是我们开篇提到的小说《情人》里的故事。

那时候的杜拉斯15岁，还没有成年。电影中，为了减少不必要的舆论压力，将故事的女主人公改成了17岁。现实生活中，15岁的杜拉斯认识了这位30多岁的中国富二代男人，两人不仅有精神交往，还有肉体结合。这样的状况，不要说当时，即使放到现在也是禁忌。

杜拉斯在晚年也坦诚地表示：小说里的故事是基于她真实的经历。后来这位富二代因为家庭的压力与杜拉斯分手，接着娶了太太，组成家庭,多年以后甚至还带了太太去法国找她。至于找她做什么,杜拉斯没有再细说,但至少大家还是朋友。杜拉斯的确有这种本领,她后来结婚,同时与其他男人也交往着,男人们之间基本都能保持和平的关系。当然,其间也有一些痛苦和波折。

说回《情人》,小说一开始的那段,被视为文学中的经典,主要有两个理由。一是她使用的语言很有音感,好像被切碎了的话语。长句、短句、短句、长句,短句、短句接着长句,很有节奏感,读起来能够马上打动你。二是整个故事使用了双声道,"他"与"她",各有不同的说法。有时候甚至不只是双声道,还多了另外的女人在诉说。这些不同的、多元的声音共同去讲一段爱情,浪漫却也凄美。

故事最前面一段是在人物年轻与年老的两个时间点间来回跳动,我们来读一读原文(译文参考王道乾译本):

我已经老了,有一天,在一处公共场所的大厅里,有一个男人向我走来。他主动介绍自己,他对我说:"我认识你,永远记得你。那时候,你还很年轻,人人都说你美,现在,我是特地来告诉你,对我来说,我觉得现在你比年轻的时候更美,那时你是年轻女人,与你那时的面貌相比,我更爱你现在备受摧残的面容。"

一个年老的女人,被一个男人跑来告知:你其实现在更美,更动人。

接下来跳了两段,告诉读者,"我"就是叙述者:

在我这一生中,这未免来得太早,也过于匆匆。才18岁,就已经是太迟了。在18岁和25岁之间,我原来的面貌早已不知去向。我在18岁的时候就变老了。我不知道是不是所有的人都这样,我从来不曾问过什么人。

为什么特地继续地讲老了？这里有一句很关键的话，"18 岁的时候就变老了"。

杜拉斯 17 岁结束了在越南的生活，被妈妈送回巴黎读书。那时候她开始了更浪漫也更开放的男女关系和情欲生活。很多传记考据说，她 17 岁一回到法国，就交了男朋友，并意外怀孕致使需要打胎。对一位女性来说，不管年龄多大，打胎对于身体、精神都是一种创伤。

大家重新去读《情人》那一段，或许就会理解她为什么强调"18 岁的时候就变老了"。现实生活与文学作品、虚构创作之间，直接或间接地有着某种对照关系。

回到巴黎后，她辗转于各种男人之间。后来终于寻得佳偶，顺利结婚，但她并没有满足于此，没有对婚姻保持忠诚。她说自己虽然结婚了，嫁给一个她爱的男人，跟他一起生活着，可是，她欺骗了他，她不忠诚。虽然她不会一直都这样，可是她现在压制不了自己的心。

杜拉斯也曾说她就是喜欢这样，她爱的是爱情。在那个时代承认自己的情欲，并且描述自己怎样来对待情欲，这是很需要勇气的。

她在小说里还有一句话："世界上任何的爱都不能够代替爱情"。任何一种爱，就是你跟不同的人，男的也好，女的也好，年纪大的也好，年纪轻的也好，快乐也好，痛苦也好，不同类型的爱都比不上爱情本身。这句话就等于刚才所说的，她爱的是爱情。

在杜拉斯的一生中，她展现了无穷的、巨大的创作力，在文学上是这样，电影上是这样，男女关系上也是这样。除了那些于她生命无足轻重的花花草草，她生命中最重要的有四个男人。

第一个就是她的丈夫。他们在1939年结婚，当时杜拉斯25岁，两个人生了个小孩，可是孩子一出生就不幸去世了。很快，杜拉斯就交往了另外的男朋友，丈夫也知道这位男朋友，且三人是合作者，这就是法国人所谓的"开放的关系"。在第二次世界大战的时候，德国占领法国，他们三人一起参加抵抗运动。对杜拉斯来说，这段感情可以用一个关键词形容，就是浪漫。乱世飘零，随时可能被抓走，在这种情况下危险与浪漫共存。

这种浪漫主义展现在杜拉斯的生活中，同时也展现在她的创作里。后来她又交往了其他男朋友，同样生下小孩，感情维持了十多年，最后也走向分手。

杜拉斯1942年认识的这位男朋友，分手了还是朋友，但总有些争吵。很多次争吵都是因为她把他的故事写成小说、散文，对方看了非常不满，认为她泄露了他的秘密，最后两人以闹翻收场。

除了跟她养育私生子的男人，杜拉斯还有一个情人。他们相遇的时候，男人33岁，杜拉斯41岁，比他大8岁。这个男人也是作家，两人交往了十来年，后来也分手了。几年之后，在一个酒店的房间里，这个男人在床上欢愉时死掉了。

最关键的是第四个男人，比她年轻38岁，也是她生命中最后一个男人。他们交往的时候，这个男人28岁，杜拉斯65岁了。两人刚认识的时候，男人只有23岁，杜拉斯是60岁。这个男人是杜拉斯的"粉丝"，在一次新书发布会上向杜拉斯提问，并拿到了她的地址。其实这个男人很含蓄，只是要了出版社的地址，意外的是，杜拉斯把家里的地址给了他。从此这个男人就不断写情书给她，写了整整5年，终于打动了杜拉斯。

到了1980年,男人28岁,杜拉斯65岁。两人开始见面、喝酒、聊天、聊文学,之后杜拉斯就和他说:好吧,我家里有个房间还空着,你就到这边睡吧。就这样,这段关系维持了十多年,从65岁到82岁,杜拉斯直到去世都跟这个男人在一起。当然,中间有过很多次争吵,杜拉斯也曾试图把这个男人赶走。

可是这段关系,从叙述者的眼光来看是很扭曲的。因为她察觉到这个新情人"讨厌女人的身体",还经常出去找其他男人,杜拉斯与他一起相当于仅是柏拉图式的关系。但对杜拉斯来说,柏拉图式的精神恋爱更为重要。她曾通过小说的对白,表达过这样一句话:你是我最后绝望的爱情。读起来非常动人。

十多年来,杜拉斯一直养着这个男人,为他找一些事情做。有时要他替自己整理文稿,有时外出拍电影或是谈电影项目时,也会带着男人,让他做一些杂事。事情不多,又开了眼界,男人自然非常高兴。

虽然两人住在一起,却又隔着一层又一层的帷帐。我总是忍不住想,杜拉斯是否会难过、哀伤,明知道两人无法拥有正常的性生活,却还是忍不住地沉迷于这段柏拉图式的精神恋爱。

杜拉斯个子很矮,只有152厘米,看起来小小的。与外形上不同,她的心从来都不局限于一壶天地中,年轻时她曾说过:我的存在不仅是法国的荣誉,更是世界的荣誉。我是世界的杜拉斯。她甚至还开玩笑说过:我是宇宙的荣誉,独一无二。当然,她用她的作品,还有生命的魅力让我们佩服。她就是法国的、世界的、宇宙的杜拉斯。

晚年的杜拉斯酗酒严重,去过医院戒酒,但出来后仍是接着喝。

她的身体很差，但她还是活到了82岁，于1996年去世。

去世以后，杜拉斯的男朋友写回忆录，大量引用了她的书信。其中有一句很动人，杜拉斯写给男朋友说，"我犯了罪，我的罪过就是我还相信别人还会爱我"。可以细想一下，年华老去的才女，多么希望别人爱她，可是她又不敢相信，还有别人会爱她，毕竟岁月易逝，她已垂垂老去。

这就是世界的不公平。60多岁的老男人可以自然地跟妙龄少女在一起，可是60多岁的女人呢？就算有人说，我非常爱你，哪个女人还会相信这样的蜜语呢？于她们来说，这不是幸福的誓言，却是自欺欺人的罪过：我居然幻想还有人爱我。这时候我们可以想象她是多么哀伤，她就这样站在窗前，喝着酒，醉醺醺地看着她的小男友，可是年华已去，徒剩哀伤。

她去世以前，跟小男友幽默地说：好了，我走之后，你有一件很重要的事情要做，就是写关于我的文章。她知道她的男朋友一定会写她，不管从主观的关系、情感上，还是从客观的经济利益、版权的角度，这样的文章都值得写。

在文章中他引用了大量的书信，讲述自己对杜拉斯不好的感觉，比如说：受不了杜拉斯了，永远无法再忍受她，世界上没有人能够受得了杜拉斯。当然，这在一定程度上可以理解，两人生活在一起或多或少都有极端的情绪，况且还是和杜拉斯，这个有些自大甚至有点控制狂的杜拉斯。但这也是情有可原的，杜拉斯正承受着一段没有肉体交流的关系，年轻的情人不知何时便会出去找其他人，她作为伴侣该是多么悲伤。

在这位情人的回忆录里，也有一些动人的片段，尤其是描写杜拉斯去世的场面。男朋友这样说:"我不敢相信,我今天进来这个房间,看见你坐在床上,跟我讲了一句话:'好了,再见了,我喜欢你。'"

我们不知道"我喜欢你"跟"我爱你"有什么差别。恋人表达爱意时都说"我爱你",可是杜拉斯却说"我喜欢你"。这时的"爱"是不是已经转型,升华或者堕落成一种包含着亲情甚至感恩的"喜欢"?她在心中暗语:我这么老了,一个老女人,还得到你对我精神和生活上的支持与照顾。无论如何,在这时候说出这句话的杜拉斯,都让我感到无比哀伤。

杜拉斯不仅用写作,还用自己的生命,用自己勇敢的情欲,对爱情关系进行选择,展现了她作为一个女性、作为一个人对自我的重视。不惧世俗的眼光,选择喜欢的生活,选择喜欢的人,我觉得这就是我们,尤其是女人,可以跟她学习的地方。

不管世界上有多少偏见的目光,但生命始终是你自己的,也只是你的。假若你都不尊重、不信任、不选择自己的生命,那又有谁还会尊重你、信任你,谁还会给你一个好的、真正适合你的选择呢?所以向杜拉斯致敬,在世界中,在宇宙中,每一个人都要成为独一无二的自己。

阅读小彩蛋

分享杜拉斯写关于写作的一句话:

一页写完,一页结束。写作就是一场哀悼。

这句话你要慢慢想,好像嘴里含着红酒一样,不要一口吞进去,要慢慢品味。它是回味无穷的。"回味"这个词很重要,不是美味无穷,是回味无穷,"回味"才是最大的美味。

希望大家都好好读一下杜拉斯,先看电影《情人》,然后再找她的小说《情人》来看。

杜拉斯,永远怀念她。

简·奥斯丁：什么是美好爱情

作为一位世界级女文豪，简·奥斯丁的小说令人印象深刻。她的小说非常能打动人，令人沉醉，很多人把她的小说奉为生活圣经，帮助他们思考很多关于生活与生命的意义。

一直以来不断有电视剧、电影改编她的作品，更有甚者干脆用多部影视作品来展示奥斯丁的生平经历。我们熟悉的导演李安也曾拍过她的作品。2017 年，英国为纪念这位举世瞩目的女作家，还在 10 英镑的纸币上印了她的肖像及名言：生命里最大的快乐，没有其他，就是阅读。当然，简·奥斯丁让人怀念、敬仰的，不仅是她热爱阅读的生活态度，更多的是她的作品，以及作品中某种耐人寻味的东西。她对时代里的男女，社会环境中的虚伪，用很刻薄、尖锐的文学比喻，进行冷嘲热讽。生活中的吃穿用度，社交中的一言一行，皆在她的描写中。她常在文中不加掩饰地讽刺社会的做作与虚伪，取笑伪君子的嘴脸，看得大家直呼过瘾。

另外，奥斯丁也非常强调经济的问题，特别是女性经济独立的问题，金钱在奥斯丁的作品里占有很重要的地位。除此之外，让简·奥斯丁作品传颂全球的，还有她作品里隐含的一个很重要的特点，即奥斯丁对于人性中善的推崇，尤其强调作用在爱情关系中的那份不同寻常的力量。这份力量帮助处于关系中的人变得更好，她认为这是爱情与婚姻最核心、最令人心驰神往也最有价值的部分。这是奥斯丁在小说里建构的一种价值观，一种理想。她通过动人的故事，犀利且细腻的文笔，将这种价值观直接地呈现在我们眼前，并深深地打动我们。

说起来，奥斯丁的命运并不一帆风顺。她出生于1775年，命不长，仅仅活了42岁，于1817年7月就去世了。在短暂如昙花的生命中，奥斯丁创作了大量作品，但很可惜，这些作品都是在她死后十多年才开始慢慢流行起来的。她生前出版的书，甚至都没有使用她自己的真实姓名，毕竟当时的社会中，写作、艺术、音乐都是男人的事，女性作家的名字不能被曝光。后来奥斯丁去世了，家人替她将未完成和未公布的作品整理出版时，才公开了她的姓名。

奥斯丁出生在英国的汉普顿，家里有五个哥哥，一个姐姐，一个弟弟。连她在内，家里一共八个孩子，在当时也算是大家庭了。她的父亲是教会的人，地位还不错，但是收入一般，所以家庭经济负担很重。奥斯丁和姐姐小时候去寄宿学校读书，仅读到十一二岁就不再读了，就是因为家庭无法再负担得起她们的开销，只能先供儿子读书，女儿们被安排回家。

虽然不去学校读书了，但父母仍然重视女儿们的教育，她们在家里广泛阅读各类文学作品。虽然收入微薄，父亲仍然会去买一些质地不错、价格不菲的纸张供她们写作、画画。家中最大的娱乐活动是在晚饭后，奥斯丁将她写完的短篇故事朗读给家人听，然后大家讨论故事里的人物，给她提修改意见。她就在这样的环境下观察、思考、创作。奥斯丁的生活不算复杂，她没有出去工作过，仅有几段替别人补习、做家庭教师的经历，但她的观察力敏锐，随时都可以从生活中汲取创作的灵感。就像张爱玲，虽然她的爱情经验不丰富，来回也只有两三个恋爱对象，但她通过敏锐的观察力，创作了无数经典爱情故事。

奥斯丁在成名之前，还匿名出版过一些小说，但是销量一般，最后总共只收到几百英镑的版税。因为当时英国的出版制度和现在不同，假如预期1000本的销量，结果只卖出200本，但出版社要卖500本才能回本，那作者要把亏损的300本的钱还给出版社。反正出版社稳赚不赔，作家要承担出版社亏本的部分。虽然销量不好，收入甚微，但有众多兄弟姐妹的支持，奥斯丁的生活还不至于太落魄。不过自始至终，经济问题总是困扰着她。

奥斯丁的情感生活非常简单，与她姐姐一样，终身未婚。第一次情窦初开，是在20岁的时候，奥斯丁与家族的朋友——一位读法律的男生交往。可是因为贫富悬殊，双方家长都不同意，男生也有这方面的顾虑，最后这段感情无疾而终。

27岁的时候，奥斯丁的第二段桃花运来了，这是她人生中第一次也是唯一一次被人求婚。但荒诞的是，两人并没有任何感情基础，仅仅见过两三次面。面对求婚，奥斯丁竟然答应了，这完全是出于经济上的考量。她认为通过结婚，可以减轻家庭的经济负担。但是第二天，奥斯丁认清了自己真正的内心后，随即写信给这个男生，请他打消结婚的念头。用她自己的一句话说：只有金钱，没有爱情基础的婚姻是个悲剧。自此，奥斯丁终身未婚，也没有再谈过恋爱。

奥斯丁的家庭虽不富有，但社会地位还可以，家人之间也彼此支持理解，感情深厚。奥斯丁在这样的环境里成长、写作，孤独吗？不算孤独，因为写作与思考给她带来了很大的充实感。然而，人生难免有烦恼。对一位女性作家来说，出版的图书无法使用自己的真实名字，总是痛苦的。再加上她所创作的爱情小说不被当时的主流价值观认可，虽受读者喜爱，却难登大雅之堂。许多读者看归看，但都不愿自降身份买书，这些作品仅仅是在朋友之间传阅，其中甚至包括当时的摄政王——乔治四世。这样的情况对奥斯丁或多或少都造成了打击。

前几年，一位英国学者在整理皇家档案时，找出一张收据。收据显示，1811年10月28日，也就是奥斯丁的《理性与感性》出版前，摄政王乔治四世就已经向出版社订购了。提前预订、付钱，这不仅代表着他是奥斯丁爱情故事的忠实读者，同时也象征着他的权势与地位。

然而有这么一位重量级的忠实读者，并不是那么令人开心的事。奥斯丁本人对摄政王乔治四世并没有太多好感，甚至在一些与友人的书信中直言他是"昏君"。但或是迫于权势压力，奥斯丁在新书《爱玛》出版时，最终还是接受了她的图书出版管理人的建议，在书的扉页前写下敬语，献给摄政王乔治四世。对一个创作者而言，违心的恭维确实有损人格尊严。了解个中原委，谁不替奥斯丁感到心酸。

奥斯丁最令人惋惜的还是她的英年早逝。当时的英国社会发展迅速，假如奥斯丁活到五六十岁，甚至六七十岁，可能就可以公开自己的身份，享受属于她的名誉与地位，创作更多影响世界文坛的作品。可是没办法，她在42岁就去世了。

奥斯丁在《理智与情感》《傲慢与偏见》《爱玛》《曼斯菲尔德庄园》等小说里，向我们传达了几个道理。首先经济能力的重要性，这个道理我也经常引用。几乎她的每一本小说，在介绍人物出场时，总是先谈他们每年收入多少、拿到多少遗产、拥有多少土地。这些财产将直接影响人物的命运、生活，尤其是婚姻。金钱在奥斯丁心中尤其重要。奥斯丁曾在给年轻女性的信里一再提醒，要小心谨慎地理财。假如你要选择一段婚姻，没有爱情基础只考虑经济的婚姻是愚蠢的，可是倒过来，没有经济基础只考虑爱情的婚姻，同样也是个悲剧。

但我们要注意，奥斯丁绝对没有说女人要贪财，钞票要越多越好。她只是说要审慎理财、经济独立，同时她也提醒大家不要高估夸大了钱的重要性。我对这句话深有同感，近几年有句话很流行，"能够用钱解决的问题就不是问题"。当我偶尔引用时，一些年轻人就觉得这是在炫富，好像有钱就能解决所有问题一样。不是的，我的意思刚好相反：能够用钱解决的问题当然不是问题，但我们常常发现，生命中好多真正的问题是有钱也无法解决的。比方说人的爱情、健康、感情，特别是快乐，是无法用钱购买的。你可以很容易买到一时的快感，但买不到真正的快乐。这句话不是炫富，反而是谦卑，是承认生命里，钱不是万能的。

除了金钱，奥斯丁还强调爱情里的一种力量。什么力量呢？是共同向上提升、向善的力量，出现在她最典型的代表作《傲慢与偏见》中。男主人翁达西先生，女主人翁伊丽莎白，一个态度傲慢，一个心存偏见，可是到最后，他们互相影响，两人都向着更好的方面成长，彼此提升了。所以她这样训示说：影响、干扰我们婚姻或爱情关系的，除了钱以外，就是我们的偏见，我们性格里的阴暗，我们的傲慢，我们的自大。真正的爱情，有益的爱情，是能够让你抛下这些，改变这些，一起做更美好的人。除了《傲慢与偏见》，其他作品例如《曼斯菲尔德庄园》《爱玛》也有类似的训示：不要随便用势利的眼光来评断别人。钱、美貌，这些都不是最关键的事，真正关键的是对方的人品，是否有爱心，是否善良，是否愿意让自己变成更好的人，让世界变成更好的世界，这才是应该有的判断标准。

几部作品下来，奥斯丁不断提醒我们，生命里的确有很多物品放在我们前面，让我们去考虑、衡量，像经济、身份、美貌等等。我们最应该看重的，应该是善良、爱心与人品，没有这些，其他一切都是空中楼阁。她在作品里用精致又刻薄的文笔，书写着动人的故事。故事里的价值世界并不复杂，直白地讲出来却让很多人都不愿意听，你反而是会被这些故事打动，重新感知这个世界，重新体会这些道理。她的小说有一种力量，可以督促你寻找心中的道德高地。当你读完小说，你便会明白什么是美好。只有当你不断靠近这份美好，以更高的标准要求自己时，才不会自惭形秽。正如同样是英国作家的大才子阿兰·德波顿（Alain de Botton）所说，奥斯丁提供的一个乌托邦的价值世界，是我们想去，但无法去、不敢去、忘记去的一个世界。正是因为这一点，奥斯丁令一代又一代的读者痴迷且敬仰，并成为被印在十英镑纸币上的人物。

相信我，多看奥斯丁的作品，你一定也会成为一个更美好的人。

阅读小彩蛋

分享简·奥斯丁的一个金句,这句有一点调侃的意味,她说:"单身女性通常都可以预见自己有一个贫穷的未来,所以这就是为什么会出现那么多的婚姻的选择。"

就是说,因为其实单身女性都知道:如果不嫁人,未来会可预见地贫穷,所以就选择结婚。这相当刻薄,同时也是提醒女性经济独立的重要性。这句话有一点张爱玲式的意味在其中,可能天下才女都相似。我们都爱才女,爱得如痴如醉,爱得要生要死。

多丽丝·莱辛：一辈子都在出走

2007年，一位女作家获得了诺贝尔文学奖。那一年，她88岁，是历史上获诺贝尔文学奖中年龄最大的作家。她是当之无愧的英国文坛的老祖母，开启了一派腔调，她就是多丽丝·莱辛。

她得知获奖的情形非常具有戏剧性。那一天她正好外出购物，当她满载而归，从大大的计程车上下来时，发现家门口站着好多记者。他们冲过来采访她，说："请问你看到新闻了吗？"

这位莱辛老奶奶一脸茫然地站在那边，但不失优雅，有着英国人独有的淡定从容。记者就说，他们公布了你是今年的诺贝尔文学奖得主。此时老太太的眼中发出了喜悦的光，但毕竟上了一些年纪，而且有一定身份，转而又恢复了那份淡定从容。她对着记者微微一笑，然后说："是吗？好啊，很好，我获得了欧洲所有的重要文学奖。"顿了顿，她又以英国人常有的腔调说："我所有的奖都拿了，再给我这个也好吧。"然后挥了挥手就走进家门。我不知道她是否会在进门后高兴得乱叫，但在人前她始终是优雅从容的。的确，她是见过大场面的人。

过了几年，她接受访问，开玩笑地说，他们把诺贝尔文学奖颁给我，可能觉得我已经太老了，如果没有赶在我去世之前给我颁奖，他们可能遗憾终生。另外她也抱怨拿到这个奖项对她而言简直是灾难，因为拿奖之后不断忙于接受访问、拍照，根本没时间写作。她直言，因为上了年纪，身体与精力不够，写作变得越来越困难。但出于责任感，她又不得不接受访问与拍照，向世界发表对文学、艺术的看法，以至连最后一点写作的精力都没有了。由此可见，莱辛真是一个有幽默感的英国女作家。

莱辛老奶奶1919年出生，在她拿诺贝尔奖的六年后，2013年去世，享年94岁。她出生在伊朗，本姓泰勒，莱辛则是第二任老公的姓。一开始，莱辛随父母在伊朗生活，后又辗转至南非做农民。他们在南非买了一块地，想训练当地农民，尝试耕种改革，可惜最后失败了。父母对孩子管教严格，却重男轻女，仅仅重视弟弟的教育问题。命运弄人，莱辛上学至14岁，眼睛就出了问题，并因此退学，在家中自学仅仅两年，就出来工作了。她什么都做，工厂的女工、电话接线员，丰富的职业经历是她未来写作的宝贵来源。19岁的时候莱辛结婚了，不久便生育了两个小孩。

好景不长，仅仅四年后莱辛就离婚了。离婚不仅是因为爱情关系的破灭，更多是因为莱辛想要出走。莱辛在她的自传《刻骨铭心》(*Under My Skin*)中回忆她的成长过程说：虽然男女不平等，但从小妈妈管教就很严厉。他们希望我成为天主教下的淑女，可是这并不是我的天性，所以我用结婚的方式逃离。后来渐渐地我也无法忍受婚姻，因为我看到了男人的堕落。刚开始老公还很上进，可是后来我发现他根本不是。他在工作、思想等方面很没出息，很快就开始变得软弱。简单来说，莱辛开始嫌弃她老公。

莱辛决定离婚，再去找寻新的生活。此时，莱辛大量阅读，广交朋友，丰富思想，社会主义精神、共产主义理想，都在她心里面燃起了熊熊火苗。当时她还加入了一些读书会，比如左翼读书俱乐部。知识照亮了莱辛的世界，此时她再审视自己的老公，只觉得他不思进取，浑噩度日。莱辛想，我必须走。她第一次从家庭出走，第二次从婚姻出走，因为她知道温水煮青蛙，再这样下去，终将成为自己厌恶的人。

这种大智，很值得我们学习。当前路一览无余，往往是我们落入了安逸的陷阱。如果不及时改变，未来可能无可避免地转向自己厌恶的方向。这是常见的悲剧。

出走之前，莱辛曾在一些小刊物上发表过小说，但没有激起任何波澜，出走之后莱辛又开始写作。其中一个作品非常有意思，中译本名为《野草在唱歌》，故事讲述了一个黑人奴隶杀死了白人女主人，其中涉及大量露骨的性描写。后来她的作品中也常出现这样露骨的描写，以她43岁出版的小说《金色笔记》最为出名，其中描述了大量的两性关系、性行为、性器官。

情色不是小说的目的，本质是通过性来探讨人与人之间的情感关系与身体依附关系。当然，其中也涉及更深层次的政治问题，包括黑人与白人之间的权利问题、种族关系，还有整个社会的走向问题。

之后莱辛一边写作，一边投入左翼运动。24岁时，她又跟一个左派的人结婚，生了两个小孩。可是，结婚四年后，她又离婚了。这次离婚也是因为看老公不顺眼，觉得这个男人好像也不长进。我倒是觉得可能不是男人完全不长进，而是男人没有她长进得快。两个人生活、相处，保持一致的成长速度，这是很困难的。大家成长的速度，甚至方向都不一样。一个人走得快一点、靠前一点，自然就会看对方不顺眼，觉得对方不思进取。但其实对方也在进步，只不过受性格、能力的局限，走得稍慢一些。一个人走在前面时，也不能太小看别人，毕竟落后不是永恒的状态。可是没有关系，莱辛有她自己选择的权利。那就选吧，去过你自己想要的生活吧。莱辛就这样离了婚，带着儿子去英国，全身心投入她的创作之中。

莱辛第一时期的作品，主要是探讨种族主义、共产主义与社会理想。之后开始更多地探讨女性主义，包括女性的自由精神、两性关系等等。很多小说，包括前面提到的《金色笔记》，都不那么容易读懂——小说里常有几个不同的声音在说话，时空上也会故意反复横跳。20世纪90年代后，她写了很多穿越时空的科幻小说。

莱辛是很有意思的一位女作家，种种小说累计下来，构成她一生的文学成就。刚刚提到她在几个不同阶段关注的主题有所不同，包括社会主义理想、女性主义，还有科幻超越时空、人类存在的终极意义等主题。但这并不是说她的主题都是孤立存在的，在不同的阶段虽有侧重，但也有所交集。像她的科幻主义小说《裂缝》，就描述了这样一个故事：以前有一个部落全是女人，算是个女儿国。女儿国里没有男人，大家没有嫉妒，没有占有的欲望，相当于理想国一般的存在。更奇怪的是，女儿国里生小孩也不需要男人参与，走到海边就能生，生的小孩也都是女孩。可是有一天不知道怎么回事，有个女人居然生了一个男孩出来。大家一看到那个男孩的性器官，吓死了，乱成一团。男孩出现后，难免会跟女人发生关系。然后就生了其他男孩，一生二，二生三，三生万物，之后这个部落就乱套了,本来和平的大同社会,因为争夺、战争、嫉妒、谋杀,变得跟宫斗剧一样,人与人之间开始钩心斗角、互相算计。

从这样的故事中你可以看出莱辛所关心的主题,还有她心底的焦虑。我们常说要了解一个作家,最好先了解她恐惧什么。这句名言不是我提出的,是另一个我喜欢的英国女作家艾丽丝·默多克(Iris Murdoch)说的,她说要真的掌握一个作家,你需要明白他的恐惧。因为他的恐惧往往会表达在他的作品里面,他不仅会通过作品表达恐惧,更会努力去找寻答案、解决问题。所以不管是什么作家,莱辛也好,张爱玲也好,我们深入读懂她们的作品,都要先了解她们的恐惧。

说回莱辛,她之后一直保持写作,还加入了英国的共产党。到了1956年,她看匈牙利被苏联的军队血腥镇压,就退出了当时的组织。她这个人蛮有意思的,就好像一辈子都处于出走的状况,不让自己停留。她义无反顾地出走,第一次从母亲那边出走,后来从第一个丈夫那边出走,四年后又从第二个丈夫那边出走。那时候她也不够成熟,甚至有过出轨的行为。再到后来她加入不同的团体组织、创作流派,她都不愿意被困在某处,她不停地出走。

经常有人说,莱辛的作品是女性主义里一个很重要的流派,莱辛自己对这个标签打了个问号。她说,他们总是用女性主义来看我的作品,其实我不一定符合他们心中的女性形象,甚至我关心的也不是他们心中的女性,我关心的是普通的人。不论男女,不管身处何地,相较一个人能做什么,该做什么,更重要的问题是什么不能做,什么不该做。该和不该之间,既是一个人的无奈,也是一个人的勇敢,生活总要我们勇敢选择,勇敢付出。勇敢的人不是一个特定的群体，而是你、是我、是他，是男也是女，是千千万万普通的人。

莱辛很会表达，从很多视频中你可能看到她接受访问时是个非常优雅的老太太，年轻的时候也很漂亮。她不断出走，不断改变。在 70 年代接受访问时她曾说过：我一直在变，到底谁是莱辛呢？我曾经因为写种族问题而成为作家，他们就说我是个种族平等主义者；我又写了很多关于共产主义的文章和作品，他们便从这个角度来给我贴标签；之后又说我是女性主义者，现在又说我是神秘主义者。1997 年，莱辛创作了一些类似科幻小说的作品，比如刚才提到的《裂缝》。当她再接受访问时，便说：现在到了 1997 年的莱辛，我到底是谁呢？我告诉你，我依旧是原来的我，我还是老样子。这里的表述我觉得也非常动人，她真的很会表达。

莱辛一直在出走，一直在拒绝。1999 年，莱辛 80 岁，英国政府来给她贺寿，想颁给她大英帝国勋章。多少人梦寐以求的勋章，被她拒绝了。莱辛说：我不要，因为根本没有帝国了，帝国已经不存在。

这句话说得很好。她一直追求人类的平等，还加入过共产党，写过很多作品批判种族主义，她怎么可能接受一枚大英帝国勋章呢？这与她的价值观、身份都不符。面对莱辛的拒绝，政府只能表态说：好吧，我们不提帝国，就给你颁一枚荣誉勋章。就这样双方各退一步，莱辛接受了这枚荣誉勋章。

她的自传大家感兴趣的话可以找来看一下。看莱辛的生平，更重要的是看她如何理解自己的一生，用什么样的语言来描述自己的生活。当回顾自己的生命历程时，不管是什么样的人，有钱没钱，男人女人，我们都会找寻语言去描述，正如我们描述所有事情一样。你会找寻什么样的语言呢？你用语言定义自己昔日的成就，描述过往的挫败。你选择的语言，其实就是你心中生命的价值观所在。所以当我们看一个人，尤其是作家的回忆录时，我们就可以看他选择什么语言，并以此来学习表达的艺术，更重要的是去思考这个作家经历了这么多人生的风风雨雨、起起落落之后，他又如何看待生命的意义。以这样的方式阅读，最后从自传里浓缩出来的话语，就是生命的智慧，是值得我们好好去学习的部分。

莱辛拿奖后，一直活到94岁，最后因心脏病发去世。她说，母亲生前也预言过，我将来一定会心脏病发作。因为我长得太像母亲了，我的母亲也是心脏病发作而死。她还说，母亲预言自己会因心脏病而死的时候，自己其实是高兴的。莱辛说：我活够了，我觉得心脏病可能是让我死得最痛快的病，我是非常高兴这样死去的。

莱辛活了90多岁，去了许多不同的地方，其中一个地方就是中国。1993年她曾经访问中国，指名要见张艺谋。因为她看过张艺谋拍的电影，觉得很震撼，就一定要见他。她在中国还见了王蒙，两人是在一些文学奖的活动中相识的。莱辛当时觉得这个人很能聊，很有意思，就与他吃饭聊天，留下了不少新闻记录。可惜当时她还没拿诺贝尔文学奖，不然记录可能更多。大家如有兴趣，可以看看她与张艺谋、王蒙都聊过些什么。

莱辛的书不容易读懂，因为她的想象力非常丰富。那又如何描述她的语言呢？有人觉得很有批判力，我倒是觉得挺有幽默感，她经常会开些小玩笑，取笑有些男人的无能，取笑他们的志大才疏。

阅读小彩蛋

分享两句莱辛说的话,心灵鸡汤一样的话。她说:

人的价值不在于她所拥有或试图拥有的真理,而在于她为了追求真理,而认真付出过的努力。人类追求完美的力量,并不会因为他获得了什么而增加,只能通过他为了追求完美而曾经付出的努力而增加。

简单来说,就是过程比结果更重要。过程里展现了你的努力,展现了你的意志,这正是人类伟大之处。往深层次推敲,其实这里面颇有佛意,就是说可能一切都是空,如梦幻泡影。莫说不一定追求得到结果,就算追求得到,那结果也如露,亦如电。相反,那些过程里你付出过的努力、热情与理想才是最动人的。我是这样理解的。

非常会写小说的莱辛,非常会说话的莱辛,读她的书,听她的故事,好好学她如何说话。

弗里达·卡罗：长胡子的女人

我这个人心里其实有一点点的阴暗，相信我，就只是一点点而已。这一点点的阴暗是什么呢，是有时候我喜欢把自己的快乐建立在别人的痛苦之上。

别看我50多岁，好像做出了一些事情，写小说、上节目，可我还是和大多数人一样，经常迷惘，有时候也会觉得很挫败。这个时候，我就会想一些人，他们在生命中经历的痛苦比我多10倍、100倍，可是人家还是能在痛苦里面走出一条自己的路，这需要多么强大的心灵与坚韧的品格，当然还需要一点运气。

坦白说，每个人在不同方向、不同领域都有自己的才华。但问题是，一部分人在经过痛苦的折腾之后就放弃了，还有一部分人刚好相反，生活很顺利，却不敢尝试，白白把自己的才华放弃了。到最后，一切又转化成性格的问题，只有那些不向生活认输的人，才能充分把握机会，发挥自己的才华。

像我在美国写博士论文的时候经常写到半夜，很痛苦，我就喜欢深夜一两点去附近社区的小酒馆喝一杯。为什么呢？除了为了放松心情，我还可以观察别人的生活状态。因为草根社区的小酒馆，里面总有些又老又穷的老头、年华已去的妓女、讨了钱来喝酒的流浪汉。我觉得他们都已经那么惨了，却还能在"惨"里喝上一杯，找寻生活中的小确幸、小快乐，那仅仅是被论文折磨的我为什么还要抱怨呢？每每想到这个，我就能提精神继续努力生活。我就这样经常用别人的痛苦来鼓励自己。

这一节谈的人物也很痛苦，我想如果别人碰到她这种情况早就放弃，甚至自杀了。可是她没有，她知道自己的本领在哪里，知道在痛苦里如何才能坚持下来，并且创造一番成就，成为历史上特别是艺术史上一位响当当的人物。

这一位就是弗里达·卡罗。1907年，她出生在墨西哥，1954年过完47岁生日没几天就去世了。说她悲惨，不仅仅是因为寿命不长，只活了40多年，更多的是因为她的身体实在遭受过太多的折腾了。先是七八岁时突然患上小儿麻痹，一条腿瘫了，行动不便，走路一瘸一拐的。十五六岁的时候，更惨，走在路上被车撞倒了，整个脚还有骨盆碎裂，受了很大的伤害。最为致命的，是车祸时车上刚好掉下了一根铁杆，直接插入她的身体，几乎把她镗开，脊椎也因此断成了三截。

按理说，一般人遇到这样的情况就救不回来了，可是卡罗小姐生命力很强，幸运地活了下来，并装了假腿。虽然捡回了一条命，但是康复仍需要很长的时间。对卡罗来说，她从小就知道自己的才华在艺术绘画上。所以，她一直坚持康复训练，在画里表达自己，创造出自己的艺术风格、人生风格。

她父亲是德国移民过来的犹太裔摄影师，会拍照，会画画，所以艺术细胞天生就在她的血液里流淌着。母亲是西班牙裔与墨西哥印第安裔原住民的后代，所以她是混血，这也展现在她的长相里。

诸位找一下弗里达·卡罗的画，她八成的画都是自画像。你刚看这些画时可能会被吓一跳，有点不舒服，心想这个人到底是男是女，怎么会长成这样子？她有两个很显著的特征，一个就是眉毛。她的眉毛又粗又长，很浓密，好像一字眉，并且中间眉心几乎连起来了，像在她两只很灵动、炯炯有神的眼睛上面横着画了一条很粗的线。第二个特征，也是她为什么看起来像是男的，是因为她长了"胡子"。男人的叫胡须，女人的叫汗毛，她的汗毛蛮浓密的，大家都看得到，在自画像中她也毫不避讳地把胡子画了出来。

为什么她八成的作品都是自画像呢？很简单，因为她长期躺在医院，医院就是她的世界。卡罗小姐说，我经常画自己，因为这个医院的病房里没有别人，后来回到家里休养，房间就是我的宇宙，我就在这里，我是唯一的存在。我只能面对自己，只能画自己。除了客观的原因，卡罗还有更主观的理由，她说，我一辈子都在跟我自己搏斗，画自己就是不断地了解自己，压制心里面涌起来的愤怒的过程。谁能不愤怒呢，遭受到这种折腾、挫折、意外，但她就要把它压住。

卡罗小姐还说她的身体已经受到了巨大的苦痛的折磨，但她不能被自己的苦痛毁灭。她用她的画来向外界宣达自己内心的愤怒，让大家看到她，当然，这里面也有她对愤怒的解脱。她有些画，除了画自己，通常旁边还会画一些花草、动物。这些元素充满了墨西哥的色彩，有一些是当地传统的图像。她的身旁有时画的是猴子，有时是猫，有时又好像是狐狸，各种动物趴在她的肩头。这些动物大多比较凶，眼神跟她一样，充满攻击性，好像在向着全世界呐喊，我心中的愤怒已经把我变成魔鬼了，我要向全世界宣战。可是有时候，她的眼神温柔，嘴角带笑，站在她肩膀的动物也从狐狸、猫甚至老鼠，变成可爱的兔子、小鸟一类，色彩也从深绿色变成鲜黄色、红色——墨西哥当地那些刺眼醒目的颜色。你看，她画里会表现自己想对世界传达的讯号。

卡罗说，我生命中经历了两大痛苦，一个是身体的痛苦，包括8岁时的小儿麻痹症和后来的车祸，这的确是很大的痛苦。第二个是情感上的痛苦。卡罗的丈夫比她大22岁，叫里维拉，与她一样都是画家，大师级水平。她的丈夫本来是她的老师，教她画画，带她入行。那为什么说碰到她丈夫是痛苦呢？很简单，她丈夫出轨了。

卡罗也画过一些关于她和她丈夫的画。有一张画，她和她丈夫并肩站在一起，好多人都说，这张画应该叫作《大象与鸽子》，一部分是有调侃二人体形悬殊之意，一部分也是想说，她丈夫是位大艺术家。其实不管是不是艺术家，保持对婚姻的忠诚都是很难的事情，还记得我们前面写到的法国女作家杜拉斯吗？她一结婚就出轨，然后还说：对，我不忠于我的老公，我不忠诚于男人，我欺骗所有在我身边的男人，我爱的是爱情。

说回卡罗小姐。她丈夫也是这种人，甚至与卡罗的妹妹还有一段禁忌的恋情。这很不好，跨过了那条道德的基准线。婚姻中有些底线还是要守的，有些人是不能碰，也不应该碰的。后来两个人就打打闹闹，你砍我杀，而且还要离婚。但有意思的是，他们1929年结婚，经过了十年婚姻生活，1939年离婚，可在1940年他们又复合了，谁都离不了谁。这就像文学家马尔克斯说的，婚姻就是这样，好像大家都没办法在一起，可是谁也离不开谁。

两人1940年复婚后，丈夫对她很好。但是婚姻中总有人在躁动，卡罗小姐自己又出轨了。她出轨的对象不止男性，她还跟女音乐家、艺术家保持很亲密的关系。假如从世俗的眼光来看，她丈夫是"渣男"的话，她就是"渣女"。当然，我必须再强调这一点，这个"渣"的标准是世俗的标准，就是遵从"一夫一妻"制度的标准，但是其实每个人对婚姻可能都有自己的标准。

卡罗小姐在身体的痛苦中坚持画画，她画出来的画，除了带有强烈的墨西哥传统艺术的敏锐性、色彩的灵动鲜活等特点以外，也具有独特的个人色彩。这也是因为她画的是她自己。她毫不避讳地把她的胡须、眉毛画下来，甚至把自己画得像男的一样，从女性主义的角度来看，她是在挑战男女二分的传统印象，让你心中会有一种惊叹并产生思考，为什么男的就要像男的，女的就要像女的呢？记得我们先前也谈过作家伍尔夫，她有一句名言，**我觉得世界上的每个人都应该是男的活得像女的，女的活得像男的**。卡罗就用她的画作来挑战这种性别二分法，并在艺术创作中融入她个人对痛苦所表现出来的坚持与思考，令大家大开眼界且深受震撼。

像她1932年画的一张叫作《亨利·福特的医院》的画，就令人印象深刻。画的什么呢？是她当时流产后的情形，她在画中画了一个躺在医院病床上的小孩，鲜血淋漓的。血的颜色不是单一的，而是各种对比强烈的颜色混合在一起，有蓝色，有红色，还有黄色，它们碰撞在一起，让你一看就深深地体悟到一个女人失去孩子后的痛苦。孩子死后停在半空，看着妈妈，一脸痛苦，这是种心灵的折磨，画面视觉效果很震撼。

另外一个例子，是她1939年画的《两个卡罗》。画面中的一个卡罗，穿着墨西哥的传统服装，正经八百地坐着，微笑地看着画面外。而旁边另一个卡罗，拿着刀，剖开了自己的胸膛，嘴巴、眼睛好像在流血一样。她用这种震撼的、对比强烈的色彩，把人的复杂性与矛盾性完全表露出来。

关于她的作品，她曾经多次表示：我绝对不是超现实主义，我的每一张画作里面的愤怒、震撼的感觉都来自现实里面的感觉，来自我现实的生命经验。而这种经验不仅是我的，也是每一个人的，以不同的形式、不同的方式来体会到的痛苦。

无论如何，她打破了白人主导的艺术美学观念，把墨西哥混合着不同异国情调风格的艺术画作——至少在白人为主流的美学观来看是异国情调——带给了观众。这种画法挑战了她的欣赏者，不管是超现实还是现实的手法都让弗里达·卡罗的作品和她本身成为传奇。

不断有全世界各大美术馆、博物馆收藏及展出她的画作。2018年6月，伦敦有一个展览，展出了她的作品。除了画作，展览还搜集了她生前穿过的鞋子，用过的义肢，各种色彩强烈的服装、头巾、梳子、耳环等等，展示卡罗日常的生活状态。就像张爱玲一样，人们总不满足仅仅阅读她的作品，其个人生活也常在公众的好奇探索之列，每每有展览，所谓的奇装异服都被陈列出来。美国也曾有个展览，展出学者新发现的一批她的照片，可能是她先生替她拍的，记录她的日常生活。奇怪的是，每一张照片都被故意剪了，或者用手撕了，撕到支离破碎。这表达的就是她眼中自己所承受的生命痛苦，还有她跟世界支离破碎的关系，一种远非一般所说的完整的、周严的关系，而是一种诡异零碎的联结起来的关系。

这就是卡罗小姐，她在生命的痛苦里面能够选择一个对的方法，继续发挥自己的特长、才华。所谓"对"，不是普世价值观下的正确，而是之于她来说的"对"。作为一个在墨西哥成长的画家，她作品的主题与色彩，能够让大家关注、欣赏、思考，这就是正确的。她选择用这个方式来呈现自己，完成自己的生命，也成就自己的生命。所以我偶尔想到人的苦难时，弗里达·卡罗就是我心中想着的其中一个。

她这辈子虽然功成名就，生前每一张画都已经卖得很贵，并在不同的地方巡回展出，可是，她心中真的很愤怒，为自己的苦痛倒霉的一生而愤怒。她死前讲了一句话：**我觉得离开人间是快乐的，我不愿意重来**。如果她可以选择，当然不希望重新来一趟，毕竟这一生的痛苦已经太多了。如果重来，谁也没有办法预测是否会再发生交通意外而痛苦一生。这听起来有点佛系，但其实是卡罗小姐已经看破了，生命的苦痛是常态。像我常说的，生命无非是苦，苦来了，我就安顿它。

卡罗小姐安顿苦的方法是什么呢，就是艺术。我常劝年轻人，趁你年轻的时候，快点掌握一门艺术，至少一门，不管你是欣赏者也好，创作者也罢，掌握它，它将是你一辈子的伴侣。因为你慢慢长大，慢慢老去，你身边的人可能会离开你，甚至是背叛你，你自己也会越来越老，很多事情已经无能为力了，而只有艺术的欣赏、创作能够始终陪伴你,不管你几岁,都可以从艺术中获得精神上的满足。虽然你的身体是臭皮囊,但你精神上始终充盈,直至死去。

我觉得卡罗小姐做了很动人的示范,虽然她只有47年的生命,却不枉此生。当然,也希望她愿望达成,不要再重来人间了。

阅读小彩蛋

卡罗 1907 年出生,自己却到处告诉别人,她是 1910 年出生的。为什么呢?因为 1910 年发生了墨西哥革命,她觉得自己跟现代的墨西哥是同年出生的,这令她有重生的感觉。这虽然是她自己的主观愿望,但也可以看出她的大志。

苏珊·桑塔格：因为世上有文学

假如你在美国逛书店，或是在英国这样的欧洲国家，去一些比较有水平和文学味道的书店，你会发现他们书店的墙壁上面，通常会挂一些作家的照片。过去二三十年来，我经常在书店的肖像墙上看到一位女作家。其实用"作家"这两个字来描述她，太过单一了，因为她不仅写小说、散文、文学评论，还做文化研究，谈论生命、死亡、文化思潮，甚至她还当编剧、导演，所以她就是一个文化人，或是称之为"很重要的知识分子"。

她长得很有格调，眼睛大大的，轮廓很深。坦白说，你看到她，可能不会觉得她温柔，因为照片中的她总是目光锐利，看起来聪明绝顶。她只是在那儿静静地看着你，你就会觉得她看透了一切。她的头发非常浓密，前面刘海还有几撮是白色的，这是她故意染白的，很好看，一看就很有知识的味道，一看就是个文化人。她就是鼎鼎大名的苏珊·桑塔格，非常有魅力的女神。

每每谈论起桑塔格，稍微对文学、文化研究感兴趣的人，没有不拜读她的文章的，读完之后也没有不赞同她非常有魅力的，她真的是一代女神。

桑塔格出生在1933年，2004年去世。因为是年底去世的，她只活到71岁，差19天就到72岁了。她特别在哪儿呢？她的一生说简单很简单，说复杂却也很复杂。说简单是因为，从十多岁开始，她就认定了自己此生会一直追求思想文化知识。因为她自己也知道，她实在太聪明了。她就像钱锺书一样，记忆力非常好，大脑就像是电脑的硬盘。当然，决定一个人成就高度的不仅仅是记忆力，可是从事文化思想学术这个行当，没有超强的记忆力是不容易有突出卓越的成就的。苏珊·桑塔格非常幸运，她就有这种类似摄影师的记忆能力，她看书就像拍照一样，可以将整本书都拍下来，储存在脑海里面。

我觉得她最有魅力的地方，不在于她超强的记忆力，而在于她非常敏锐的艺术感知力。她有很多艺术评论，不论是绘画还是音乐，都有涉猎。虽然她的评论文章都很长，可里面总是有几句话一针见血，三言两语就能抓住创作者的特点。通过作品，她可以抓住艺术家创作时的想法，说出创作的内容、特点，甚至是创作动机。她常会在她的处境上去分析，那些艺术家创作出这样的作品是受到什么样的支持，又有着什么样的逻辑，受到什么样的限制；进而再指出，创作者可以怎样再往前走一步，深度挖掘自己的可能性，对时代做出新的贡献或是突破。她就是有这种锐利的眼光、敏感的心灵，所以她能够在很多人忽略，甚至瞧不起的文化思潮里面，指出重要的地方。她的文化评论，不管是谈死亡还是摄影的，只要是文化研究领域的人，都一定要读。

《论摄影》谈的是摄影的象征意义与摄影现实两者之间的关系。包括摄影是如何扭曲现实，摄影中如何表现资本主义中产阶级的意识形态对现实生活理解和认知的扭曲的。

《疾病的隐喻》也值得一看。这本书讲到，一直以来，疾病都存在着被污名化的现象。所以桑塔格在书中讨论了什么是病，以及什么样的病在文学上被扭曲、污名化，有着不光彩的名誉。她还在书中对我们生命的可能性展开了一定的想象，这也是非常重要且难得的。

《旁观他人的痛苦》一书也是谈摄影的，其中特别讲到桑塔格关于战争死亡的思考。比方说我们看到一张一个人被开枪打死的照片时，我们的感觉是什么呢？我们这种感觉的来源是什么呢？看完之后我们会庆幸自己原有的生活，战争其实是等于助纣为虐。她的作品中有很多对于不公道和不公义现实的讨论。

更早期的《反对阐释》，强调的是感官的力量，即当我们欣赏艺术作品时，应该如何运用感官来看。当时两个概念被欣赏者瞧不起，一个叫 Camp（坎普），一个叫 kitsch（刻奇），她就看出了这两个，比方说颜色乱七八糟的不搭调，对于流行文化，我们一般会认为是"俗"，是跟风，是娱乐，但是她却能看出其中解放的力量，看出创作者心中所想，并在其中找到解放自己创造力、生命力的可能性。

反正她的书是一定要看，而且要慢慢看的，几乎每一段都有值得我们思考的地方。以她的智慧，我作为创作者是只配给她拎包的，可是作为一名普通的读者却受益良多。

她的父亲在中国做生意，在她很小的时候，父亲在天津死于肺病。父亲去世之后，妈妈就改嫁了一位姓桑塔格的男人，所以她就跟她继父的姓。桑塔格是个很聪明的小孩，在洛杉矶读书时就不断跳级，15 岁就高中毕业了。后来她去芝加哥大学读书，很快跟老师谈了恋爱。严格来说，那位老师并不是她的授课老师。这位老师教授的是文学，是桑塔格旁听时认识的。当时她才17岁，戴着厚眼镜，下课后学生都走了，她收拾得慢，抱着一堆书最后一个离开教室。那位教授28岁，比桑塔格大11岁。教授喊住她，问她要不要一起吃饭。桑塔格只说，对不起，我是来旁听的，心中还以为教授嫌弃她来蹭课。教授说，不，我只是问你要不要一起吃饭。桑塔格答应了，他们就一起去吃饭，自然而然谈起恋爱。他们谈了十天以后就结婚了，桑塔格很快怀孕，接着就生小孩了。

在成长过程中，桑塔格从十多岁开始就博览群书，因为她很清楚地知道，不能让任何人妨碍自己飞出去。她觉得自己是一只小鸟，一定要飞向外面的广阔天地。当她说要飞出去的时候，不仅仅是说离开家里，不受父母约束，而是说她不要任何人妨碍她思想的发展。因为她从小就很聪明，继父总是提醒她说，你不要太聪明，没有男人愿意娶聪明的女人。她深受羞辱，并非常痛恨这种偏见。为什么作为女性，聪明居然是一项罪责、一个负担呢？她不愿意生活在这种愚昧偏见的环境里，当然也不会喜欢那些不接受她聪明才智的男人。于是她选择做一名作家，一直不停地向前飞去。

为了当作家，桑塔格甚至连哥伦比亚大学的教职都辞掉了。她说自己看过太多的例子，在大学教书的工作会毁掉一个作家的热情、诚恳与创造力，所以她要避免这种事情发生，最后她选择自己游走欧洲。

在她成为著名作家以前，她的人生经历就非常丰富，如前文提到的恋爱、十天闪婚、生小孩。芝加哥大学毕业之后，她又去哈佛大学读硕士。在拿到硕士学位后，她又去欧洲各大学校游学讲书，例如牛津大学、巴黎大学。坦白讲，假如她是男生，肯定有人说她是"渣男"，毕竟是抛夫弃子，对婚姻不负责任，一跑了之。

她后来回忆说，自己拥有非常自由的生命。她喜欢跟年轻人交往，特别是年轻的男性。她的交往对象不限性别，男女皆有。桑塔格称，自己一辈子交往过七八个对象，其中四个都是女性。

桑塔格在欧洲读书思考，后来开始写作，之后再回到美国就离婚了。她说当她在欧洲待了两三年时，就觉得跟丈夫的婚姻应该结束了。道理很简单，她在很多访谈里面也都提过：一个人，不管是男人还是女人，注定要在美好的家庭生活还有成功的工作事业（这里并不只是说赚钱）之间做出选择。她说美好的家庭生活会把一个人绑住，作家是没办法跟一个人相处而不失去创造力的。所以她就做了她的选择。

桑塔格一辈子都在不断地与情人同居，可是很快她都会陷入"美好家庭"的困局中。当她感觉自己受到了限制，就会把自己的事业放在首要地位，迅速抽离困局。就像她回到美国的时候，踏出飞机场，发现丈夫来接机，他们仍然拥抱了彼此，然而一上车，甚至车辆引擎还没发动，桑塔格就提出了离婚。他们就坐着，都哭起来，再然后一切就都结束了，这就是她的选择。离婚后，桑塔格自己一个人带着小孩，拒绝丈夫提供任何赡养费。她就是这样一位身体力行的女性主义者。

告别婚姻之后，桑塔格就全心开展自己的事业。后来她创作了很多的作品，比如《火山情人》，拿到了美国国家图书奖等奖项。其实她自己的小说直到五六十岁的时候才被文学评论界认可，对此其实她是不太高兴的，她觉得自己在文学创作上的成就被大大低估了。

那是因为她的文化研究和文学评论的成就太高，令大家都忘记，她也是一个很好的小说家。

桑塔格总是不断告诉自己，她是一个不断在自我创造的人，是一个例外。她说的例外，除了聪明才智，还指的是她的强大生命力。她在 40 多岁的时候被查出患有乳腺癌，而且是末期。医生这样跟她讲：我是你的话，就不治疗了，因为治疗是没有用的，我就好好过我剩下的半年，顶多一年高品质的生活，那就很好了。你才 40 多岁，可惜了。她不服气，她不相信，她坚定地认为自己是一个例外。

桑塔格相信知识，她说自己对于任何事情，都要先把关于这件事的所有知识掌握在脑海中，然后再去思考，最后做出决定并采取行动。当医生宣告她快要死的时候，她不服气，自己做了很多的医学研究。她非常有勇气，在自己研究病情之后，要求医生用最猛烈的治疗方法进行手术，最后手术顺利，安全度过危险期。桑塔格始终相信自己是既定命运里的那个例外，医生说她只有一年的生命，可是她熬了过来，从 40 多岁一直活到 70 多岁。

故事好像总是重演，1988 年，桑塔格生命中的第二个癌症来了。这回是子宫癌，同样是末期，同样非常严重。这一次她仍然坚信自己是"例外"，她重新来过，咬着牙做研究，找寻最能够跟她配合的医生，要求用最厉害也最有风险的猛药与手术进行治疗，这一次她又把子宫癌压下来。可是好景不长，只过了五年，到了 2003 年，她患上了第三个癌症——急性血癌。医生还是按她的要求，做治疗，换骨髓。可是这一次实在是没办法，桑塔格熬不过来了，最后在医院去世了。

关于她在医院整个治疗和走向死亡的过程，有一本书有很精彩的记录。书是一位美国作家写的，里面写了弗洛伊德、桑塔格等几位作家如何面对死亡的经历，翻译为中文叫《不要静静走入长夜》，非常动人。这本书的第一章讲述了第三次患癌时桑塔格在医院里面继续看书、看电影的情形。那时候她叫朋友拿了很多光碟过来，她就在医院里一边看一边骂，用她锋利的眼睛和嘴巴去评论。她的老情人、新情人陆续来看她，与她聊天，当时她还是很不服气的，不愿意相信自己会死亡，毕竟以前打了两次胜仗，这次怎么可以输，桑塔格是不可能输的。

桑塔格去世后，她儿子大卫也曾写过回忆录，其中讲到当天在医院检查，在确定桑塔格患上血癌后，母子两人回家的情形："**在车里面我母亲的眼睛一直看着车窗外面的天空，讲了一个字，哇，这是感叹。**"什么意思，为什么她会"哇"，她儿子大卫的解读是桑塔格觉得得病非常不可思议。难道是真的吗？像我这么聪明的人，皆有例外的人，这么独特的人，这一次真的就要死了吗？她不可能相信，也不愿意相信，所以在医院的治疗过程，她与朋友们从来不谈"死亡"这个词，还觉得自己可以活下来。当然，作为一个理性的人，桑塔格某些片刻还是不得不承认，自己即将面对死亡这个事实。她儿子说，后来每次谈到立遗嘱的问题时，桑塔格都是坚决不肯的。因为立了遗嘱，就表示她承认她会死亡，所以每次叫她立遗嘱，她都吵翻天。

有一天，她终于对儿子透露说可以考虑稍稍地让步，但随即又反悔了，还是不肯立遗嘱。后来她儿子还有朋友们，花费了很大的力气，在医院给她立了遗嘱，她也很不高兴，发了一顿脾气。虽然发了脾气，也算是让步了，不然她执意不肯立遗嘱的话，是没有人能够抓住她的手来签名的，因为这样的话，遗嘱是不能成立的。

书里也记载，她有一天在医院，突然打电话给其中一个负责辅导即将去世病人的心理的医生，三更半夜请他过来要求祷告，为自己的死亡来准备。一般先用《圣经》祷告，医生就说，我们祷告吧，以天父之名……桑塔格作为一个女性主义者，马上就反问为什么一定要以天父之名，为什么不能以天母之名。医生也回答不出来，只能说：好吧，天母就天母吧，以天母之名……这个时候，桑塔格又无所谓了，说反正一般都说以天父之名，我们就用以天父之名吧。《圣经》祷告结束之后，还要用佛经来祷告。可见，一个人即便平时再强硬，在临终的时候还是有她相对的软弱时刻，还是会事事做好准备。坚强如桑塔格，好像到临近死亡的那个时刻，还是想要一个超越现有生命的宗教信仰对心灵进行救赎。

后来她慢慢虚弱，最终还是去世了。去世的那个晚上，家人、朋友都来到她的床边，医生也来了。通常病床旁边都有很多的显示屏，用来监测心跳、呼吸、温度各项指标，医生一进来就把这些显示屏全部关掉。那些亲友就愣住了，说为什么？医生说，假如开着显示屏，大家的注意力就会一直放在屏幕上面，而减少对即将离开人世的病人的关注。关掉显示屏后，亲友们就这样看着桑塔格慢慢失去体征，去世了。那时候是2004年的年底。

桑塔格从小就知道自己要做作家，这是为什么呢？她自己后来说，因为我很贪心，我想强劲地过每一种生活、体验每一种生命，当作家就可以做到。她从9岁的时候，就开始自己印刷报纸。她自己写月报，自己印，用最简单的胶版印刷方法，复印了20份报纸，以每一份5美分的价格，卖给邻居。她说其实作家就是一个对世界充满关注的人,也正因此,作家的生活是最具有包容性的。

桑塔格是位好作家,但更根本的,她还是活生生的人。人就要选择正确的行动,在生命中做对的事。有一本书叫《巴黎评论》,是很多作家的访谈合集。第二集里面就包含了对苏珊·桑塔格的访谈,从中我们能看出她是一位非常真实又动人的作家,而且这种才女好像讲话句句都是金句。谈到知识分子,她说:"**与其说'知识分子'是个名词,倒不如说它是个形容词,这样更易理解。**"这是很有意思的,你慢慢去体会这句话。她说写作就是一种生活,一种非常独特的生活。尼采说过,开始写作就好像你心意已决,要跳入一个冰冷湖里。只要你是从事写作的人,当你做一件对自己的生命具有重要意义、很关键的事情时,就会有这种感觉。其实就像咱们中国人说的,战战兢兢,如履薄冰。你做这件事需要很大的勇气。深呼吸跳下去,可能死,可能不死,但是肯定会非常冷,你要承受,要抵得住。这段访谈很深刻,假如你喜欢桑塔格,同样不能忽略。好了,这就是才女苏珊·桑塔格的故事。

阅读小彩蛋

我非常喜欢她在《巴黎评论》访谈里面讲的最后一句话。

《巴黎评论》的访问者问她,是否会考虑读者的感受。她回答说:"我不敢,也不想。但无论如何,我写作不是因为世上有读者,我写作是因为世上有文学。"

很动人,不是为读者而写,是为了文学,为了艺术而写,就是这个意思。光从这句话我们便能了解到才女苏珊·桑塔格的气魄了。

玛丽·居里：居里不是夫人

居里夫人多年来受到我们的敬仰，给予我们很多启发，所以大家才会在小学课本中读到她的故事。当然，这位女科学家最突出之处不是因为她的性别，更多是因为她在科学方面有显著成就。但同时也因为她是女性，所以在追求成就的过程中受到了相较男性更多的打击和挫败。不论是她在科学方面的努力，还是作为女性打破科学垄断困境，争取自己的权益，这两方面都是值得我们尊敬与学习的。

至于如何称呼她，一般来说在小学课本或者民间，她都被称作"居里夫人"。我小时候也是这么叫的，知道居里夫人是拿到两个诺贝尔奖的人，很了不起。夫人，现在英语中叫 madam。在 19 世纪末 20 世纪初，整个欧洲都是这样称呼她的，Madam Curie，居里夫人。

可是现在，整个欧洲，尤其是她出生的波兰，已经把 madam 去掉了，只称呼她为"居里"。这是为了尊重她，强调她的个体性。因为她自己选择了冠夫姓，所以还是叫"居里"，可是就叫"居里"，不叫"居里夫人"，不会在名称上突出她是谁的夫人。

就像文学家弗吉尼亚·伍尔夫,她也是冠夫姓,伍尔夫就是她丈夫的姓。我们就叫她伍尔夫,美国、英国、全世界都叫她伍尔夫,而不会叫伍尔夫夫人、伍尔夫太太。冠夫姓是一回事,可是我们不会突出她是谁的太太,我们把她当作一个完整独立的人。

居里于1867年出生,1934年去世,享年67岁。她出生在波兰,当时的波兰是什么情况呢?当时的波兰严格来说,已经不属于波兰政府了,土地和人民被俄罗斯占领和统治了。所以当时生活在波兰是很惨的,有点像是身处殖民地,那里的小孩上学都不能讲自己的母语——波兰语,而只能学俄文,波兰人沦为亡国奴。居里就是在这种情况下成长的。

居里的父亲是教育家,他深爱着他的祖国波兰,暗中教小孩了解波兰的历史、文化、语言。他还曾替学生辩护,因为他的学生写作文,被别人投诉里面带有波兰人的用语和修辞。这在当时等于是反叛,反抗俄罗斯帝国的统治,是很严重的罪。居里的父亲也因此惹上了麻烦。本来他在学校里面当副学监,相当于副校长,惹上麻烦后学校将他降级,不准他当副学监了,只能当普通老师。不仅职位下降,还要减少薪水,他和他的家人还被要求从宿舍全部搬走。他们一家几口只能搬到一个便宜的地方住。居里的母亲这个时候还患有肺病,居里的父亲只好在家里招收学生,替他们补习功课,赚取家用。所以,居里从小就成长在一个人口多、亲人善良的家庭里。

居里名叫玛丽。她全名很长,叫玛丽·斯科罗多夫斯卡。后来她嫁给同样是科学家的居里先生之后,就冠了夫姓,可是她还保留了波兰的这个姓,斯科罗多夫斯卡,作为她中间的名字。我们为了方便,就称她为玛丽。她从小就好学用功,展现了在科学上的天赋,常常参考父亲放在书架上面的科学书，偷偷做各种研究。更可贵的是，当时的环境下，女孩完全不被鼓励做科学研究，但她仍坚持做。因此她家人也知道了，居里不仅有科学的头脑，更有一颗热爱研究科学的心。

后来玛丽长大了，在学校成绩一直也很好，可是想读大学却读不了。因为当时波兰不让女孩读大学，位置都要留给男生。那就没办法了，她只好到其他地方读书。她想去法国巴黎求学，因为当时巴黎稍稍开放一些，虽然还是对女生有一定的限制，但是只要你的确优秀，女生也还是可以读的。她的求学之路却仍然一波三折，因为家里没有足够的钱，虽然父亲很开明，但毕竟长幼有序，且稍稍重男轻女，家里的钱都给了她哥哥去读医科，所以后来轮到她和姐姐读书时，只能二选一，两姐妹只有一个能去读书，那怎么办？

玛丽就说，姐姐你去吧。我才17岁，你20岁，你应该先去，我以后还有机会，还有时间。于是她留在波兰当补习老师，到人家家里教书，一教，就教了八年。

八年之中她曾有一段恋情，与聘请她的家里的公子谈了恋爱。两人爱得要生要死，还准备结婚。可是门不当户不对，男方家人极力反对。重压之下，男方非常没出息地退缩了，两人含泪分手。这段经历对玛丽的伤害很大。

玛丽的姐姐在巴黎结婚了，丈夫有点钱，她就写信给妹妹说：你来吧，现在我有钱，足够支持你读书了。玛丽放弃了，说：我不要了，我已经放弃了追求的梦。其实她那边是舍不得离开男朋友。后来与这个男朋友分手，结不成婚了，她才认真地考虑去巴黎读书。这段经历很有意思，我们倒过来想，假如当时她不是这么不幸，而是男朋友比较有胆识，不顾家里的反对与玛丽结了婚，那可能世界上就真的没有我们认识的居里了，因为她就留在那边做一个贤妻良母了。

许多时候就都是这样的，爱因斯坦的太太也非常聪明，与爱因斯坦一样是个天才，后来因为未婚怀孕，就早早结婚了，之后所有精力都用来照顾家庭，甚至后来情绪还出了问题，婚姻就这样毁了一位女天才。和爱因斯坦太太相反，玛丽是塞翁失马，没有了这个男朋友，却造就了一位伟大的女科学家。

有了姐姐支持，父亲升职加薪了，玛丽也有钱读书了。后来她去了巴黎，开始读书，做科学研究。再后来的故事，大家都知道。她认识了她后来的先生皮埃尔（Pierre）。结婚之后，她冠了夫姓，就叫居里夫人，整个社会都称她为居里夫人。她一步一步做她的研究。当时很有意思，整个学术界跟国家、跟资本主义之间的关系没有那么紧密，这既代表科学家们不容易获得研究补助，但同时也意味着有相对自由的时间。科学家选定一个自己感兴趣、有能力去做的题目，可以花几年去专心做研究，不用受到各种评估鉴定，也不用赶报告，只管闭门去做。多年辛苦加上最后的一点点运气，往往就能够做出一点成就来了。

居里当时就是这样，她与皮埃尔在一个很简陋的实验室里做实验，那个项目做了四年，最后终于做出成果来了，他们找出不同的物质各自的放射能量。他们也因此成名了，虽然成名过程中有很多的阻碍。1903年，居里跟她先生皮埃尔拿第一个诺贝尔物理学奖的时候，最开始提名里是没有她的，只有她先生皮埃尔和另外一个男人。是她先生坚持，他说这个研究的整个过程，甚至整个想法，都是与居里夫人一起完成的。不能仅仅因为她是女人，就不给她这份荣誉，这对她不公道。也是争取了一番，居里最后才和丈夫共享了这份荣誉。

她丈夫皮埃尔说了，这些研究的想法其实都是她的。所以我们看，明明实验的主导人是居里，她先生是跟着她做的，可是诺贝尔奖委员会居然不考虑给她颁奖，多讽刺。研究中的很多想法，都是她自己想出来的，没有人帮她来完成这些想法。他们一起来讨论，也一起来做实验，他有他的贡献，居里也有，甚至说是更多，却仅仅因为她是女人，诺贝尔奖委员会就不相信她的贡献跟能力。好在她最后拿到诺贝尔奖了，广为人知。通常在受到一次肯定之后，后面的事情就会越来越顺利了，居里就这样继续研究下去。

居里以前在波兰算是"亡国奴"，后来去了法国也不忘她的国家，所以她把她发现的物质，命名为钋（Po），就是波兰，以表示她的爱国之心。她从来没有忘记自己的根。

收到了诺贝尔奖的奖金，居里把一部分捐出来做科学研究，一部分还给了她姐姐姐夫，感谢当年他们的支持与鼓励，帮助她来到巴黎读书。1903年居里夫妇获奖，才过三年，皮埃尔就因下雨时出门被马车撞，压碎头骨，不幸去世。

居里年轻的时候曾患有忧郁症，现在碰到这种情况，她的情绪非常低落，完全振作不起来。她的丈夫去世了，两个女儿要照顾，还有她的科学研究要做，她整个人有很长一段时间完全陷入了低谷。在情绪的低谷里，校方仍然支持她的研究，继续让她当女教授——巴黎大学首位女教授。居里开创过很多先河，在很多方面都成为首位：首位身处多个科学院的院士，首位拿到两个诺贝尔奖的女人。

居里拿第一个诺贝尔奖时，大家总有闲言闲语，说可能是因为她丈夫提拔她。她丈夫1906年去世，那时候她才39岁，正是做研究的好年龄。过了几年，到1911年，她获得了她的第二个诺贝尔奖。这次诺贝尔化学奖就由她个人拿到，没有丈夫在旁边。这下没话说了吧，诺贝尔奖就是她的，她本是一个独立的天才个体，不能因为她是夫人，就总是看轻她的能力。

在她拿到第二个诺贝尔奖以前，发生了一件所谓的丑闻。当时的社会非常保守——严格来说，是对女人保守，而男人相对开放得多。同样的事情，发生在男科学家身上，可能就很简单，大事化小，小事化无，而在她身上却是小事变大，而且变得超大。什么事呢？当时有报道说，她与她丈夫以前的学生保罗·朗之万谈恋爱同居了。这个男生比她小5岁，又是师母跟学生的关系，这算姐弟恋加上师生恋。最致命的是，这个保罗是有老婆的，虽说是处于分居的状态，可是一直都没有离婚。

这件事是怎么被报道出来的呢？是因为与保罗分居的太太吃醋，花钱找人去保罗的办公室里面偷居里给他的情书。信写得非常缠绵，都是这一类的表达：我太想念你了，我的心完全无法工作。我跟你享受了非常美好的一个晚上，从来没想过自己还能做这种事。当然对于热恋中的男女这是非常正常的，可是基于他们的身份，还有他们的婚姻状态，做出这种事在当时就是大丑闻。

保罗的太太偷出这些信后，就交给了报纸发表。报纸在报道这种花边新闻时总是会添醋加油，弄出很多闲言闲语。因为居里正做化学研究，所以报纸的标题还借此讽刺她：有一种新的化学元素，引起了一把巨大的情欲的火焰，在居里夫人心中燃烧，而保罗的妻子跟孩子，现在正生活在泪水之中。你想一下，这种报纸头条一出来，在当时要求女性保守的社会中会引起什么样的效果。

一群暴民应声而起，居然跑去了居里的家门口丢石头，一边丢，一边大声地骂她：波兰来的荡妇，来勾引我们法国的好男人。把她说得非常不堪，从早到晚辱骂声不断，她的玻璃窗被打碎了一次又一次。这致使居里有家难回，只能赶快带着两个女儿奔去其他地方住，或是住在朋友家，或是住在酒店里。报纸也纠缠不断，反复指责她破坏他人家庭。在现代这也是很难听的说法，无异于贴上了"小三"的标签。你是科学家又怎么样，你也是道德败坏的小三，好像就因为她追求她的爱情，就可以完全抹杀她的科学成就。

古往今来，每个人在世界上都有追求快乐的权利，更何况居里的丈夫已经去世了，男方也分居了。有一句话说，爱情只有真假，没有对错。可是在 20 世纪初的社会，就算是欧洲，是最浪漫开放的法国，也没有道理可讲。在这种时代气氛下，她还是被骂为波兰荡妇。甚至有些流言还把整个事情的时间往前推，谎称其实她的丈夫居里先生生前就已知情。可我们都知道，明明是在她的丈夫过世之后，他们才发生的恋情。流言就是这样，它是有生命的东西，会长大，很奇怪吧。一点小小的谣言，越滚越大，各种越来越荒诞的情节就出现了。居然有小道消息称，皮埃尔其实不是意外被马车撞死，而是自杀的。因为他知道自己戴了绿帽子，知道妻子跟自己学生有婚外情，所以他实在生气，又阻止不了，就绝望地自杀了。

我们可以想象，在当时这种气氛下，她的压力有多大。可是居里的伟大之处就在于此，她很坚强，总是能够在最低的地方，坚定地站起来。虽然失望，虽然伤心，但从不绝望，她还是继续做她的研究。1911年，诺贝尔化学奖颁给了她，可是那时候，所谓丑闻的风暴还没有停止。

在她获奖之后，有很多科学家联名写信要求她拒绝领取这个奖。为什么呢？因为她去领奖就要跟瑞典的国王握手，他们不愿意看到一位有婚外情的"荡妇"与国王握手。当时整个社会舆论都在抵制居里。

可是居里还是坚持去领奖了，而且发表了一番义正词严的得奖致谢词，表示自己生命最大的意义在于科学研究。她相信她在放射性方面的研究，对人类的健康等各方面的科学认知，都有巨大的贡献，而这一份贡献没有任何理由因为她是女性而受到贬低或是减分。多么坚强的女性！

在她拿到第二个诺贝尔奖之后，各种流言才慢慢消停下来。她也能够继续回到她的研究室做研究。

当时那种状况下，有一个人一直特别支持她，那就是爱因斯坦，他们是好朋友，英雄之间总是惺惺相惜。爱因斯坦自己结了两次婚，还跟不同的女学生交往。可是在那个时代，男人的恋情总被认为是课余活动而已。面对居里的流言，爱因斯坦就很支持她，还写信给她，甚至公开说，假如这两个人相爱，谁也管不着。他写了很多信来安慰居里，还与她的两个女儿一起去旅行。爱因斯坦曾讲过一句话来肯定居里：她是我所知道的唯一没有被名跟利毁坏的人。

后来居里的两个小孩也都成才了。很有趣，她的家族拿到好几个诺贝尔奖，她个人拿到两个，她已故的先生居里、大女儿、大女儿的丈夫也拿了诺贝尔奖。二女儿没有拿，但是二女儿的丈夫拿了。所以她家族一共有五个人拿到了诺贝尔奖。有一次，有人访问她二女儿，让二女儿谈谈母亲。二女儿就开玩笑说："你确定你要访问我吗？我是我家族里面唯一没有拿到诺贝尔奖的人。我恐怕不够资格接受你的访问吧。"真是天才家族。

居里到了60多岁，因为研究放射性物质，做放射性的科学研究，且又受到时代局限，没有做好预防措施，所以身体受到影响，得了白血病。其实在去世前十年，各种病的症状就出来了，她的身体非常差，可是她一直撑着，在身体最不舒服的时候，甚至还请女儿帮忙把最新的科学报告、研究成果读给她听。生病的时候她仍要学习，仍在关注其他同行最新的研究成果。

因身体太差，已无法独立完成写作，居里用口述的方式，由女儿替她写完自己的论文。写完后女儿读给她听，她口述修改，女儿再帮她改定。她在事业上一辈子通过科学研究来追求自己的理想，发挥自己的能力；而在生活上，又完全坚定地知道自己就是一个人，以人之名来勇敢地追求自己的爱情。这是居里被我们敬仰的很重要的品质。

阅读小彩蛋

最后分享一句玛丽·居里说过的话吧,很精彩的话。她说:我是以一个人的身份,而不仅仅以一个女性的身份,来对人类的科学研究做出贡献,所以这才是我的科学完整的意义。我觉得这就是独立的精神。

项美丽：自信的"坏女孩"

邵洵美活了62岁，1968年去世，与李鸿章有亲戚关系，是名正言顺的贵族，也是富三代。虽然他的下场是悲惨的，吃鸦片精自杀了——明知道身体不能吃他偏要吃，但他的一生过得很丰富，不论是文化生命还是爱情生命。在爱情里，他在正室之外曾有一位情人，是一个美国女人，中文名字叫项美丽。他们后来交换了婚书，这意味着她成了他的妾室。

"项美丽"这名字是邵洵美替她取的，因为发音跟她本身的名字很像，Emily Hahn，项美丽。她于1905年出生在美国密苏里州，是德国移民家庭，在家中排行老四。15岁时曾偷拿家里的钱并离家出走，17岁进了我的母校威斯康星大学。最有意思的是她当时读的专业是工程系，这和她本来的兴趣有关。她热爱雕刻，可是当时的大学要求雕刻课程只有工程系学生才可以修，所以她就选了工程系。但工程系从来不收女生，因为他们担心女生读矿业工程毕业后找不到工作，她不服气，偏偏就要去挑战。她去求，去骂，去闹，终于如愿进入了工程系并读到毕业。我们可以看出这个年轻女生的性格很叛逆，她后来的生命历程也是一样。

她毕业后去了矿业公司上班，但这种性格的人怎么可能甘心过如此平稳的人生呢？正巧在她 22 岁的时候，美国飞行员林白飞越大西洋，从纽约起飞到巴黎。看到这则大新闻，项美丽心里就开始想，原来世界那么大，生命又那么短，自己应该去追求梦想，不能在现在的位置上终老。略作思量后，她决定辞职，去做符合自己兴趣和才能的事。后来她进过广告公司，当过老师，还在剧场里演过戏。

她在不断挑战中展现出了写作才华，并被很重要的杂志《纽约客》聘为撰稿人。这期间，她先去了非洲刚果，研究猴子的生活状况，一住就是两年。研究完成回到美国，就开始了她的第一段恋爱。恋爱的对象是一个作家，他是有妇之夫，两人纠缠了几年，没有结果。情场失意没让她的心停下来，她依然想出去看世界，这一次她来到了中国上海。

1935 年，她和大姐海伦来到上海。一个年轻美丽、有才华的女子来到上海，整个世界的门都会为她打开，她在上海结交了很多外国贵宾。据当时一些文章报道记载，项美丽非常亲切，很懂得如何与别人交谈。她能让别人没有戒心，看到她的笑容，其他一切俗务都显得不重要。一切条条框框她都不放在眼里，她在意的是两个人相处时的感受。

那时候在她交往的权贵朋友里，有一位是大名鼎鼎的沙逊爵士。我们知道他有沙逊公寓、沙逊别墅、沙逊花园，是个非常有钱的人。他们之间有些许暧昧，项美丽后来写了不止一部回忆录，都谈到沙逊对她的好，是那种很暧昧的好，好到经常替她拍裸照。但两人长期交往后还是没有在一起，可能是顾及沙逊还有一个大家庭，有老婆孩子。后来她在中国又交往了另一个有老婆的人，这就是邵洵美。

她在一次文化艺术聚会上认识了邵洵美，两个人一见便爱得一发不可收。据项美丽的个人回忆录，还有描写她生平故事的小说记录，她对邵洵美的第一印象是这样的："突然有个男人跑过来，动作有点神经，把我吓了一跳，不是因为他的神经而吓到，而是被他如此英俊的面孔吓到。他的头发是这么柔软，黑油油的，其他男人硬邦邦像毛刷子一样的头发不能比，而且他不讲话只是笑的时候，那张面孔的形状接近完美，尤其是他的鼻子，还有眼睛中散发着的光彩好像是从天上泄下来的。"于是她开始跟邵洵美谈恋爱，两个人都是浪漫主义者，也都是能在心中把很多框框条条踢开的人。他们一起写文章、做翻译、办杂志，后来同居，一起抽鸦片——当时的社会情况就是这样，一起抽鸦片就是一种享受。

可是邵洵美有老婆，老婆盛佩玉也出身于大家族。最后纸里包不住火，盛佩玉知道了他们的恋情。刚开始她是反对的，可是在那个时代氛围中，女人的反对是无效的，盛佩玉没有办法，只好立下了规矩说：好吧，我现在没办法阻止你，可是我告诉你，你白天出门要说个名正言顺的理由才行，要不然我很难下台，到了晚上你必须听我的规矩，过了晚上十一点假如你不回家，我就会去你那边闹。

她立下家规算是暂时接受了当时的局面，后来大家都知道的是他们三个人，邵洵美、项美丽还有盛佩玉经常一起出游、吃饭、看电影。邵洵美是富家公子，他进出都开着亮眼的鲜黄色敞篷车。三个人在上海一起出面，引起了很多议论。

盛佩玉自己也写过回忆录，她觉得自己有时候蛮喜欢这个项美丽的，说项美丽非常亲切，有一种强大的无法抗拒的犀利，好像在这个世上没有任何仇敌。最重要的是项美丽注重和人相处的感觉，所以盛佩玉跟她相处得很好,有好的布料、首饰都会送给她。但我认为,不说这是盛佩玉应该做的,在那个年代她也只能这样,才留得住老公,否则一翻两瞪眼,老公干脆不回来了。

邵洵美虽然是洋派的人,可是在"处事"上还是维持了中国作风,尤其是在纳妾这件事上。他和项美丽先在酒店同居,后来买房子同住,然后又提出要给项美丽一个名分。1937年,邵洵美和项美丽去律师楼按当时中国的法律结了婚,邵说:你现在愿意当我老婆,我们签了婚约。我本身有几个小孩,你来挑一个你喜欢的作为你的小孩,让你有个伴,剩下的小孩就是你跟我正室盛佩玉共同的孩子。你去世以后也可以葬在我们邵家的祖坟里面,等于真正成为我们邵家的人。言下之意就是以后我的遗产也有你一份。项美丽都答应了,毕竟入乡随俗。

盛佩玉按照当时的风俗送给了项美丽一对玉镯子作为礼物,意思就是,我是正室你是妾室,所以我有资格送东西给你。邵洵美的女儿邵绡红写过一本书叫《我的爸爸邵洵美》,里面这样描述项美丽,她说:"项美丽不是那种妖艳的人,她对人非常亲热,打扮也很朴素,而且她还养了一只小猴子作为宠物,去哪里都带着它。我跟她相处得很好,我才五六岁时经常和她一起去看电影,有一次我坐在她身上看电影,结果尿在她身上。"由此可见,项美丽的亲和力之高。当时一些美国媒体还谈论过项美丽,直接说她是中国人的妾室,丢了美国人的脸。项美丽觉得无所谓,依然很自信。

邵洵美与项美丽一起办杂志、做翻译,互相支持。他们曾一起帮助杨刚翻译和推广毛泽东的《论持久战》一文,这篇文章翻译为英文后印刷出版了很多次,产生过不小的影响,让全世界知道中国抗战的一些想法。后来日军占领上海，刚开始只是占领了一部分，还剩下一些区域成了所谓的孤岛。邵洵美原先住在日占区里，后来被迫逃到孤岛上。可是人走了，他的印刷厂还在占领区，里面有昂贵的机器和多年来收藏的字画，以及长辈们留下的贵重书籍，还来不及搬走。这怎么办呢？最后还是项美丽想出了办法。当时日军准许外国人回到占领区拿回他们的财产，项美丽就利用这个条件，先跟邵洵美签约宣布：我项美丽已经买下了邵洵美的财产。所以这就是项美丽的财产，是一位美国公民的财产，而不是中国人的财产。她拿着合同去申请通行证，再找了工人和车子，同时从英租界那边借了几辆警车，亲自扛着美国旗走在前面，回到占领区把邵洵美的进口印刷机和书都搬回上海孤岛的区域里。

这件事情对邵洵美来说很重要，因为那些机器是他日后的谋生工具。他用印刷机继续做出版，同时也承接了一些印刷项目。这些做出来的书在邵洵美之后的落难岁月里，还可以继续售卖，勉强维持一家的生计。这令盛佩玉十分感激，她把自己所剩无几的一些首饰送给项美丽以表示感谢。

他们在上海继续生活着。后来项美丽得到了一个机会，可以写一本关于宋家三姐妹的书。宋家三姐妹跟邵洵美很熟，邵洵美出面引见，很快拿到了宋美龄那边的一些档案材料。之后一段时间里，邵洵美陪着项美丽去香港，每天去宋美龄家里做采访。而项美丽本人也很讨宋美龄的欢心，有机会跟着宋美龄在香港、重庆等地到处跑。

《宋家三姐妹》完成初稿后，项美丽还请沙逊爵士来审阅，并按照沙逊爵士的建议修改，她认为就算没有做成真正的情人也能交朋友。而在她写这本书的过程中，邵洵美跟项美丽在香港待了一段日子后，二人就告别了。之后，项美丽的爱情历程又走了另外一段道路。

什么道路呢？项美丽开始了另外一段恋情。在她回美国之前，香港已经被英国占领了，她结交了一名英国远东情报机构的情报员并同他谈起了恋爱，这个情报员叫查尔斯·鲍克瑟，也是有老婆的。项美丽为他生了个女儿。

后来日军占领香港，两个人都遭了殃。情报员被关进香港的集中营，而项美丽是美国人，没有被关押。她每天都去看望情报员，明里暗里把物资送给他。据说她因于香港时经常被日本人找麻烦，他们搜查她的材料时，经常问她一个问题：为什么你在上海跟一个中国男人好，现在在香港又跟一个英国男人好？而且还生了小孩呢？项美丽突然百感交集，好像前面这一段故事说来真的太复杂曲折了，不知道从何说起，只说了一句话："因为我是个坏女孩。"日本军官说：你不是坏女孩，你现在回家吧。就这样放她走了。后来日本跟美国交换侨民，她以难民的身份在1943年带着她跟查尔斯的私生女回到美国。这个时候她的《宋家三姐妹》已经出版，她也赚取了版税，开始变得有些名气。到了1945年，日军战败，查尔斯被放了出来。他被放出来后做的第一件事是什么呢？就是离婚，然后跑到美国与项美丽及女儿团聚。两个人结合，又有了孩子。

项美丽在美国继续写作，写了一本又一本的散文、小说、回忆录，成了一位有名气的作家。她的众多作品里有好几部都是回忆录，比如《我的中国丈夫》，还有一本叫《大烟》。此外，多年来她也一直为《纽约客》写作，成为《纽约客》的终身作家。我们知道《纽约客》是很严谨的刊物，每篇文章都要一改再改。我有些美国朋友为《纽约客》写文章，除非是在时间上非常紧急，不然他们都要反复修改好多遍，常常一年半之后才有发表的机会。可见要成为《纽约客》终身作家并不是易事。《纽约客》对于终身作家除了给予荣誉以外，还配有一个办公室，让他们可以每天在那里写作。就这样，项美丽每天写作，写作到老。

后来，邵洵美的女儿还去美国与她见面、叙旧，因为项美丽算是她们的妈妈，她们也一直都相处得很好。项美丽在照片里从年轻到老基本都是笑眯眯的，这也是为什么让人感觉她热情又亲切。这种人通常是长寿的，她活到1997年香港回归那一年才去世，享年92岁。

这就是项美丽精彩的人生，她的故事和生平很值得被拍成电影，不管是由美国人还是由中国人来拍，都会充满戏剧性。一个美国女人跑来中国，和中国的人、中国的事发生了这么多深刻的纠葛，还有这么多名人牵连其中，真的是很好的影视素材。

阅读小彩蛋

　　我就不讲项美丽的名言了,我讲她最后一任丈夫查尔斯所说的一句话吧,他说:埃米莉,你知道我喜欢你什么吗?我最喜欢的就是你的勇气。

篇章二 才情·创造

我们都生活在阴沟里,但仍有人仰望星空

肖邦：我心所在即是安处

每天早晨醒来后，我多会到客厅喝咖啡、吃早饭，然后放音乐。通常我会听两类音乐：一类是爵士乐，另一类是古典乐。古典乐我听贝多芬、莫扎特，也经常听肖邦的《雨滴前奏曲》。这首曲子的声音真的好像一场雨，不是暴风雨，是很哀伤的雨水，有时候大，有时候小，好像有什么事情会发生的感觉。可是，到最后又突然平和了，让人觉得不管是大雨还是小雨，一切都会过去，你的心态还是可以回到平和心状态，找到你的安静所在。我很喜欢这一首曲子。

关于这首曲子有个浪漫的故事。肖邦出生在波兰，后来在巴黎成名。他同居了九年的女友，是位很重要的法国女作家，笔名叫乔治·桑。乔治·桑是男性的名字，因为那时候女人不能抛头露脸，也不能发表文章，她就取了一个男性的笔名，也成了大名。她自己有小孩，一个儿子，一个女儿。

《雨滴前奏曲》的故事就是关于这位女作家的。有一天，乔治·桑带着小孩出去买东西，刚好碰到大雨。赶马车的老车夫很不负责任，把乔治·桑和小孩丢在路上不管了。他们只能淋着大雨走路回家。回到家，进门看到肖邦一边哭，一边用钢琴弹着一首新的曲子。乔治·桑问肖邦在哭什么，肖邦说：你们回来了，太好了。因为我刚刚一直等不到你们，就在想你们。想啊想啊，就睡着了，梦到你们，也梦到自己在雨中找你们，还梦到自己弹钢琴。醒来之后，他就马上写了这首曲子，当然，没有给它命名。后来大家围绕这个故事，将其称为《雨滴前奏曲》。

这首曲子原先的版本是充满哀伤的，表达肖邦找不到女友时心里的担心、惧怕。后来看到女朋友回来了，他心情平复了，就收了尾，像是找到安息的地方。好多人描述这首曲子时都把它跟宗教的气氛连接起来，感觉好像在一个教堂里，大家为了死去的兄弟姐妹哀悼，哀伤的同时，也为了他们能够回到天国，回到主的身边而感到欣慰。那是种很复杂的心情。

我们谈肖邦，很难避开乔治·桑，因为肖邦的故事，重点在于他跟乔治·桑的爱情。每次想到这些人，在那个时代，就觉得大家很不容易，感情中总是需要承担很大的压力。两个人作为艺术家——一个音乐家，一个文学家——走在一起，可是当爱情慢慢退去，变成另一种感情了，尽管也是很深的感情，却还是要分开。好的爱情应该像宗教一样，把彼此提升、升华。当然，升华的过程中难免也会有矛盾冲突，可是没关系，两个人到最后还是会一起提升的。

我们知道的肖邦的很多杰出作品，包括风格的转变，都是在他和乔治·桑在一起的九年里完成的。而这九年，乔治·桑也写了很多精彩的小说。

肖邦于 1810 年出生，只活了 39 岁，1849 年就去世了，吐血而亡。在我们的想象中，一个伟大的艺术家常常是不幸的，总是吐血而亡或者短命，肖邦就是典型的例子。我特别喜欢肖邦这个中文译名，肖，风萧萧，雨潇潇，一提到"肖邦"这两个字，就仿佛感觉这样一个人注定是短命的。很哀伤，哀伤里又有些浪漫。肖邦39岁英年早逝，却在他的音乐里不朽。

肖邦出生在波兰的首都华沙，父亲是法国人，在波兰教法语。语言通常跟音乐一样，需要对音节有非常灵敏的掌握。我觉得肖邦的音乐天赋是遗传，当然也有教养的部分。肖邦的妈妈非常爱音乐，爱唱歌，肖邦一出生，她就教他如何欣赏音乐，将一首一首的波兰民谣唱给肖邦听。好的教养，加上好的遗传基因，就把肖邦的音乐天分完全激发了出来。

肖邦8岁就能演奏、作曲，技惊四座。长大后，肖邦离开了华沙，去了巴黎，继续发展他的音乐。

毫无意外，他的作品和音乐表现，获得了大师们的赞叹："*又来了一个天才！*"当时，所有文学、绘画、音乐的天才都聚集在巴黎。假如你喜欢文化艺术，不去巴黎沉淀一两年，好像你的人生履历表里面就会缺了一块。肖邦在巴黎出头了，自己作曲，开音乐会，还教钢琴，教人们如何欣赏音乐。音乐界有一句话说：贝多芬是为了钢琴而写曲的，而肖邦是为了钢琴家而写曲的。

当时的法国巴黎有很多沙龙，作家、思想家、画家、音乐家经常聚在一起聊天，互相表演。那是美好的年代，没有电视，没有收音机，没有手机，不同背景、不同嗜好的人聚在一起，紧密地交流、沟通、分享。不像现在，到什么地方每个人都是低着头，不能说现在就没有沟通，可是那时候大家是眼睛看着眼睛地交流，把自己知道的、懂得的、美好的东西拿出来分享,跟现在究竟是不一样的。

当时巴黎的沙龙,有时会有演奏表演。有一回,非常杰出的音乐家李斯特与肖邦出现在一个沙龙,两人四手联弹。就是那一次,肖邦遇上了乔治·桑。乔治·桑本来姓杜宾,一生写了很多书,其中有 80 部小说,光是她的回忆录就 20 卷。她于 1804 年出生,比肖邦大 6 岁,两人算是姐弟恋。乔治·桑一生交了很多男朋友,90% 是姐弟恋,是位很勇敢的女士。她活得比肖邦久很多,一直活到 1876 年,去世时整整 72 岁。

就在那次四手联弹的沙龙里,乔治·桑看上了肖邦,可是当时肖邦并没注意到乔治·桑。乔治·桑 18 岁就结婚了,30 岁离婚,她很勇敢地带着儿子和女儿离家出走,自己生活、写作。她取男性的笔名,行为举止,甚至连打扮都像男性,有时候她还会穿男人的衣服,抽上一根烟。在沙龙上,她看着弹琴的肖邦,一下就喜欢上了,当时李斯特的女朋友也在场,看出了乔治·桑的心思,所以也帮忙把她推向了肖邦。

当时肖邦刚刚结束上一段感情,并未对乔治·桑产生任何兴趣。可是很快,他就被乔治·桑深情款款的眼神感动。其实男人追女人和女人追男人是一样的,有很多不同的技巧、方法,其中一个方法就是你要深情款款地看着对方。那种眼神好像有电流,是很容易把对方触动的。肖邦说:在我演奏的时候,乔治·桑很深情地看着我,这一双眼睛在说什么呢?她靠在钢琴旁边,眼睛里好像有火一样,把我烧烫了,我刚开始真的不喜欢她,可是慢慢地,在那一个晚上,还有后来一个又一个的晚上,她的眼睛把我烧着了。我们好像被音乐、被鲜花包围了，我的心也被她的眼睛征服了。

有趣的是，后来在乔治·桑的回忆录里，这段故事有了另外的说法。可能乔治·桑习惯用深情款款的眼神看人，不管是对谁。乔治·桑说，其实刚开始她对肖邦根本没兴趣，觉得他太假，太过于伪装，好像总在压抑自己。乔治·桑说：这个肖邦摆出一副假道学的派头，好像讨厌世界上所有人，好像他自己最了不起，他压制了自己的激情，这种态度让我感觉被冒犯。可是，有时候女人就是看到男人这种态度，反而有征服的欲望，这跟男人是一样的。虽然乔治·桑长得不算好看，个子也不高，只有150厘米，可是她真的很有才华，交过好多男朋友，也有过不少艳遇。

后来两个人在一起了，还搬去西班牙的一个岛居住。相处久了，当然有摩擦。女方性格比较硬朗阳刚，男方反而比较优柔寡断，又有些文弱。后来，乔治·桑的一部小说里，有个压抑自我、没主见，又很内向的男主人公，大家都说写的就是肖邦，虽然乔治·桑自己否认了。两个人相处了九年，吵吵闹闹，却也恩恩爱爱。

最后分手的导火线是什么呢？据说是因为乔治·桑的女儿长大了，喜欢一个男生，跟那个男生交往，并打算结婚。乔治·桑很喜欢这位女婿，但肖邦却始终认为男方在人品上有问题。两人在女儿婚恋的问题上出现了巨大分歧，结果两个人吵吵闹闹，最终分手了。归根到底，两人分手是因为乔治·桑过于强势，无法忍受肖邦与她意见相悖。九年恋爱，最后还是潦草收场。

当然，除了肖邦以外，乔治·桑也有过其他男朋友。她跟诗人缪塞也交往了一阵子，还有缪塞的医生。这三个人一起去旅行，旅途中缪塞生病了，结果乔治·桑居然跟那个医生好上了。缪塞非常不爽,转身就走了。后来回到法国,乔治·桑又跟医生分手,又跟诗人缪塞爱火重燃,重新在一起,可没过一阵子他们又分手了。她就是享受爱情,就如同杜拉斯所说:我总是对我身边的人不忠,不忠贞,不忠诚,我爱上了爱情。

乔治·桑的回忆录里讲了很多,她与当时其他一些大作家都有不同的关系。可是,她晚年把所有联系的信都烧掉了,不知道是老了,不想回忆——有时候,人的记忆是很沉重的负担——还是也想保护对方和自己,不想留下记录、证据。

乔治·桑跟肖邦生活了九年分手。四年后,1849年,肖邦吐血而亡。1848年,肖邦举行了最后一次音乐会。

肖邦去世了,他的遗愿很奇怪:他很想念他的家乡波兰,要求死后剖开他的身体,把心脏和身体分离,身体葬在巴黎拉雪兹神父公墓;心脏送回华沙,放在圣十字教堂。肖邦的心脏被放在泡有酒精的玻璃瓶里,存放在一根柱子中,好好珍藏起来,这一放就是100多年。肖邦相信一句话:你财富的所在就是你心的所在。财富不一定代表钱,而是代表你珍爱的珍宝,你最看重的东西。他离开家乡那么久,他的心觉得要回到家乡,于是他就真的把心放回了华沙。这样的艺术家很了不起,死也死得浪漫。

肖邦和乔治·桑相处的故事,我觉得很复杂,不能简单地评判,但我是欣赏和佩服的。乔治·桑说:"他相当于我第三个小孩。"不仅是姐弟恋,因为性格的关系,乔治·桑花了很大的心思去照顾肖邦。不管九年也好,十九年也好,两个人在一起的时候,是一起往上升华,而不是往下沉沦的,这才是重要的。

从这一段关系,我们需要学习的是,每个人要认真地为了自己而活着。我们学肖邦发挥自己的才华,我们学乔治·桑追求自己想要的东西。你遇到爱情,就去追求吧;你喜欢谁,就在一起吧;你不要委屈自己,如果委屈,那就分开吧:不要拖拖拉拉,人真的要勇敢。

阅读小彩蛋

我无法弹首曲子给你们听,那就讲个故事吧。

大概前两年,华沙圣十字教堂终于愿意把肖邦的心拿出来,让医生们观察一下,看看能不能用肉眼判断出肖邦的死因。后来大家判断是包膜炎,也就是肺结核。因为肖邦的姐姐也患有肺结核,可能他本身体质不好,被感染了。包膜炎发展到后期,心脏血管会包着一层白色的,好像纸一样的东西,他们判断这就是肖邦的死因。

我真的觉得艺术家总是与众不同,一个人死了还可以让身体跟心脏分离。我以后也要考虑一下,我的心脏死后放哪里呢?

肖邦的音乐太动人了,感念每天陪着我起床的肖邦。

毕加索：被爱情充满的艺术家

我小学五六年级的时候，老师替我取了个外号，叫"毕加索"。没错，就是西班牙艺术大师、画家毕加索。不是因为我懂得画画，而是因为我喜欢乱讲话。乱讲话的关键在于"乱"，有时候，老师和同学都听不懂我讲的是什么，于是老师就说："马家辉说话好像毕加索的画一样，让人看不懂、听不懂。"

在粤语里，毕加索的"毕"发音与"不"相似，这样听起来，"毕加索"就是"不假思索"，想都不想，不用大脑就乱说话，老师就因此这么取笑我。可能因为小时候有过"毕加索"这样的外号，这之后我就有了毕加索情结。

在我家客厅的墙上，常年挂着一张画，是毕加索名画中的一张。他一生画了几万张画，都非常出名。这一张看似不算什么，却占有一定地位，常被大家谈到。这张画有两个名字，有人称之为"两个小丑"，也有人叫它"小丑和他的女人"或"小丑和他的伴侣"。画中一男一女，男的穿蓝色格子衣服，女的穿橘色衣服，两人在画的左边，坐在桌子前面，身体靠近，挤在一起。桌上有个玻璃杯，杯里有水。画里那个男的往右边看，女的则往画外面看，两个人都用手托着自己的下巴,眼神充满了迷惘和冷漠。

有人仔细研究过这张画中人物头的角度,因为两人眼睛都是往右、往前看,很有特点,因此大家认为毕加索是故意用这种角度来让画里的人,特别是那个女人,来跟画的欣赏者对话。女人的眼神很冷漠,像提出了一个问题,似乎在向欣赏画的人说:我们觉得生命是那么无助、无奈、空洞,你觉得如何呢?

这张画有非常强大的感染力,我把它挂在客厅电视的上方。以后若是我死了,读者朋友们有空来香港,可以来马家辉故居参观,欣赏一下它。这张画据说拍卖价大概是一亿港币,折合人民币八九千万。不过,我手里这张是复制品。

但真假并不重要,重要的是,它给我的感染力。毕加索在1901年左右画成了这张画,那时他刚出道,从西班牙去巴黎,开始了他"蓝色时期"的创作。蓝色,英文 blue,原本就有忧郁、苦闷的意思。这一时期,毕加索画的大多是跑江湖的艺人、马戏团的表演者,还有妓女、乞丐、老人,充满了生命的灰暗色彩和忧郁的情调,这一时期也因此被称为"蓝色时期"。

谈论毕加索的艺术成就,风格是不能不提及的一点。他在画中所表现出来的,不管是内容还是格调都变化多端。当然,这跟他的生命变化密不可分。

毕加索于1881年10月出生在西班牙,毕加索这个姓其实来自他母亲。他也曾把父亲名字中的一个字拿来用,不过主要还是用他母亲的名字来为画做署名。他活了很久,于1943年4月因心脏病发去世,享年92岁。

跟很多伟大的艺术家一样,毕加索小时候就表现出天才的一面。据说他小时候开口讲的第一个词是piz。piz，在西班牙语中，是铅笔的意思。一开口就要铅笔，暗示一辈子都和画画这门艺术分不开。后来美国人为他拍电视剧《毕加索》，也将其放在"世纪天才系列"里。

他父亲也是个画家，不仅自己画，还教别人画画，不过没有太大的名气。毕加索13岁时，偷偷拿到一张父亲没有画完的画，原本画面上有些鸽子，他就在上面填了颜色，还加了几笔。他父亲一看，惊为天人，当下认为这个儿子已经传得他的艺术天分，要好好栽培，就送他去学艺术。他儿子的确没有让他失望，参加过很多画画比赛、艺术比赛，都取得很好的成绩。

毕加索19岁左右就去了巴黎继续学画，展开他个人的艺术生涯。刚到巴黎时，毕加索很穷，跟一个诗人合住一个小房间。房间里只有一张床，两人共用，轮流睡。白天毕加索睡，诗人不晓得去哪里打工。晚上诗人回来睡觉，毕加索就起床画画。

关于蓝色时期，还有一种说法，说是因为他太穷了，买不起其他颜料，所以主要用蓝色来做颜料。后来他的秘书否认了这一说法，毕加索曾跟秘书说，那时候他的生命的确是充满了忧郁，眼中总是看到蓝色的色调、蓝色的忧郁。

他在巴黎的时候，总和一个好朋友卡萨吉玛斯一起打诨，吃喝玩乐，谈艺术。可是卡萨吉玛斯用情太专，跟毕加索刚好是两个极端。卡萨吉玛斯喜欢一个女朋友，女朋友跟他闹分手，他不答应。有一天卡萨吉玛斯跑去餐厅找他女朋友，居然掏出了一把枪，想杀她。好在，一开枪只是打伤了女朋友。但之后，他随即朝自己的太阳穴上开了一枪，自杀了。这件事情对毕加索的情绪打击很大，也让他意识到生命的无常，令他备感忧郁。

蓝色时期到什么时候结束的？我们猜测，可能是在毕加索碰到他的情人之后。我们谈起毕加索时都会提到他娶过两个老婆，还有好多情人，广为人知的就有五个，还不算其他没有记录在案的。

他的情人们，像弗尔南德、马德莱娜的爱情，都让毕加索渐渐走出蓝色的忧郁。

他有一个交往长达七年的情人，就是年轻貌美的奥利维尔。正是因为她，毕加索去掉了蓝色，进入他的玫瑰红、桃红色时代。这一时期，毕加索的画作里开始出现一些明亮的色彩，他看事情也更加光明。

再后来，他慢慢摸索其他的艺术方向，特别是受到法国画家马蒂斯的影响，开始探索如何呈现现实与内心情绪之间的关系。

有一回，毕加索看到一些非洲人在陶瓷、雕刻上的艺术创作，大受启发，并由此开始将他的艺术创作从桃红色时期转向立体主义时期，画一些自己不假思索的、他人不容易看懂的作品。但如果你用心去看，就会看到作品里面所呈现的，并不是所谓的现实世界，而是他眼中的世界，他眼中的情绪。所以，毕加索画里的人常常是扭曲的，三个眼睛，两个头，整个身体也是变形的，但其实都是他的微言大义。

毕加索开启了在艺术史上很重要的立体主义时期。当然，不仅是他，当时的潮流都是如此：抛去所谓的现实，去呈现心理对现实的投射和反映。

好多人看了画都说"看不懂"，毕加索经常这样回应："老兄，你听过小鸟唱歌吗？"对方说："听过。""好听吗？""好听。"毕加索就追问他："那你听得懂吗？"对方就哑口无言了。艺术就是艺术，不一定要讲究懂不懂。

甚至有时候连毕加索自己也看不懂。据说，有一次他朋友去找他，看到他在画画，那张画上面好像是一张人的脸，乱七八糟、支离破碎的。朋友问："你现在画到什么阶段了？准备画什么？"毕加索就说："我准备改一下他的鼻子，要把鼻子弄得直一点。"朋友说："那就画，可你为什么那么烦恼？"毕加索回答他："问题是，我也找不到鼻子在哪里。"连他自己画的画，他都找不到鼻子，所以我们看毕加索的画，看不懂也是挺正常的。不过看不懂内容没关系，最重要的是我们要懂得他的心情，他所表达的那种很强大的情绪和感染力，里面有他的热情，也有他的焦虑和忧愁。

毕加索一辈子有很多的老婆、女朋友，用现在流行的话来说，他就是"渣男"。但是他需要这些爱情，爱情是他的艺术生命。毕加索曾说，艺术创造源自什么？源自热情。那热情源自什么？来自爱情。对他来说是这样的。

爱情给他热情，热情给他的艺术创造生命。他跟不同的情人交往，也把那些情人画进他的画里。可没那么简单——你坐好，我来画，毕加索不是这样。他要画出他眼中的情人的感觉，他对情人的期待、向往，或是失望。有些画里的女人，眼睛、耳朵、鼻子都歪歪斜斜的；有些画里，也不止一个女人，有两个或三个。

有人说，毕加索这样创作，是为了表达自己对于两性关系中那种多元的向往还有焦虑，他把他背叛的感觉也隐藏在画里。在毕加索众多的情人里，有一位只有17岁。那时候毕加索46岁，在路上看到这位模特被吸引住了，就跑过去追她。毕加索那时候已经声名赫赫，赚了很多钱，谁能抗拒他的魅力呢。之后，毕加索就跟她秘密地交往，这个女人还替他生了小孩。

当时的情况下，17岁对46岁的关系，会面临巨大的社会压力，况且女方还未成年。他因此一直隐藏着这段关系，偶尔在画上注明画里的女人叫MT——那个17岁少女名字的简称。两人关系一直未公开，很久以后人们才了解。

这不是唯一的一次"老少配"。他52岁时，也和一位27岁的女生交往过。再老一点，73岁时，毕加索和他的第二任太太——27岁的杰奎琳交往。当时这些女人都留下了点点滴滴的记录，关于毕加索，一位情人就评价说：毕加索太有魅力了，只要他愿意，他能够让石头随着他的节奏来起舞。

可是，不知道是命运使然，还是什么因素，在他身边的女人很多下场都不太好，有的自杀，有的精神分裂。有的可能是因为太爱他，就像之前提到的那位17岁少女，后来因为毕加索劈腿，两人分开了。可分开后女生还是忘不了他，毕加索去世后，她也在1977年自杀了。这一年是她跟毕加索认识、交往的50周年，这一年她67岁。

毕加索的儿子也是服毒自杀的。他的子女不多，至少大家都知道的子女不多。后来他有一个女儿很有才华，与知名珠宝品牌合作，设计了很多珠宝，也算继承了父亲的艺术天分。

毕加索一路走来，画了几万张画，去世之后，留下了巨大的财富。生前，他的情人、老婆、子女已经为了如何分配他的画经常争吵，甚至上法院打官司。毕加索去世后，就把部分画让子女、情人去分。因为每一张画的价格都不一样，所以分配形式就牵涉到谁分得多，谁分得少。最终，为了公平，采用了抽签的方式，将画编号，随机抽。画的编号排到3万多号，每个人按照自己应该有的份额轮流抽，抽到几号就拿几号。除此之外，还有好多画由基金会来管理，收藏于博物馆、纪念馆，偶尔拿一些出来卖。当然，除了毕加索的家人，还有其他人拿过他的画。有一个很出名的故事，说毕加索80岁左右的时候，为了保护他那么多画，就找了个水电工，给家里装了很多防盗、安保设备。水电工除了做这些安保工作，更重要的是陪毕加索聊天，整天整天地聊。毕加索偶尔也送他画，送他第一张的时候，水电工还不要，说自己拿着没用，不如送点工具，比如做水电工需要用的把手、锤子，什么都好。毕加索就笑他说：老兄，你拿我这张画可以换到全世界最贵、镶满钻石的把手了。

后来，毕加索去世了，水电工自己也老了。到临终时，水电工才发现原来这么多年来，毕加索一共送了他270多张画，随便一张都能让他和他的子孙发财。可是，他没有拿出来卖，而是捐给了政府、艺术馆、展览馆。有人问他，为什么不卖？他回答说："因为当毕加索送给我的时候，他当我是朋友。朋友送你的画，你不能占有，只能保管。捐出来给艺术馆、美术馆，这才是对于这些画最好的保管方法。"

还有很多关于毕加索的传说。像他以前卖画，价钱很高。有朋友经常会找他说，前一阵在画廊买了他的画，不确定是真是假。毕加索很幽默地问他："多少钱买来的？"那朋友说："30万。"毕加索就说："卖这么贵，那这张画一定是我的。"也有时候，朋友买了他的画，跟他说："那边有人告诉我，那张画是假的，不是你画的。"毕加索就说："不一定不是我画的，因为有时候我也会画假画。"所谓"假画"的意思可能是：画是随便画的，这对我来说就是假画。可是假画也可以卖那么贵，为什么？很简单，作者是毕加索。

毕加索这种自信心并不是出名后才有的，未出名的时候就可见一斑。他的另外一个小故事说，在以前还没成大名的时候，有个富人给了他一笔钱，叫他替自己画肖像。毕加索画得很好，也很写实，富人看到后，心里的坏主意就出来了：既然这么像，反正你也不可能卖得出去，我现在来杀价。他说："本来说好给你十万的，现在不行了，给你三千。"毕加索不肯卖，说："我宁可不给你。"过了十年后，富人的朋友同他讲："老板，我在画廊看到一张画，画里面的人跟你好像，卖价好贵，五十万，画下面写了一个字——'贼'。"这对这位富人的名誉造成了很大的伤害，富人知道闯祸了，赶快跑去用五十万把画买了回来。

我们纵观毕加索的一生，艺术的确是他的生命，而这个生命跟爱情又是密不可分的。我想，不管是跟他交朋友还是做他的情人，一生有机会碰到这样的人，对普通人来说，都是极大的幸运。

我们与毕加索无亲无故，却可以从他的一生际遇里明白，我们要有强大的自信心，要懂得发挥自己的天分。当你确认了自己的天分，就不要妄自菲薄，不然当年三千块就把画卖出去，也就没有卖五十万的机会了。这不仅仅是价钱高低的问题，而是对自己所创艺术的确定和保护。不卖就是不卖，因为我知道，这一定是张好画。

上进是很重要的，有天分就要上进；假如天分不是那么高，那更要上进。不然的话，这个世界谁都帮不了你，只有你能够帮到自己。

阅读小彩蛋

分享我很喜欢的毕加索的几句话:

什么是艺术?没错,艺术是谎言。可是,艺术是唯一能够引导我们去思考什么叫作真理的谎言。

我们要懂得从毕加索身上学习上进,学习幽默,更重要的是学习如何欣赏美。美是人生最重要的部分,它可以陪你走到生命的最后一秒。当然,爱情还是很重要的,这也是我个人要向毕加索学习的地方。

王尔德：忠于爱情的才子

在谈这位作家以前，我先说几个金句。第一个是：我认为上帝造人，有点高估了自己的能力。第二句：我什么都能够抗拒，除了诱惑。第三句：永远原谅你的敌人，因为没有什么比这个更能够让他们不爽。第四句：为了赢回我的青春，我什么都愿意做，除了锻炼身体，除了早睡早起，除了做个对社会有用的人。第五句：人生之中，只有一件事是比被别人议论更为糟糕的，就是根本没有人有兴趣议论你，根本没人理你。再来一句：我年轻的时候，认为钞票是人生最重要的东西。现在我老了，我知道，的确如此。

王尔德，短命才子。人们常说红颜薄命，其实才子很多也短命。像这位大才子，他因为肺炎去世，最后死在一个小旅馆里，那时候，他才 46 岁。也好，这样我们想起王尔德时，就像想起张国荣，想到的永远都是他们留下来的英俊潇洒的照片，很不羁，也很放肆。这样的男人，不管是女人还是男人，都非常喜欢他。王尔德，有他自己的才气。我是相信文字的人，他的文字里，不论是小说，还是戏剧，都留下来一种智慧，让人不管读过多少次，再读时都感到敬佩。

王尔德出生在 1854 年，1900 年去世。他家境不错，父亲是位医生,妈妈是位诗人。他是公认的才子,从小就才气逼人,长大后个子高高的,脸长长的,眼睛炯炯有神,非常潇洒。"有神"就意味着眼球沾不到眼睛的底部,浮在眼白中间,这种眼睛代表两种意义:一个是桃花运非常旺,另一个是会容易遇到桃花劫。也就是说,这样的眼睛不仅会招来很多人的喜爱,这些喜爱同时也会带来一定的挫败与不堪。

可能是因为我们知道后来在王尔德身上发生了哪些事情才这样说。但是的确,他这种有大才气的人,从他出道20多岁到去世时46岁,却因为爱情的选择,生命就像天空中的流星一样划过了。我们抬头仰望,还来不及赞叹,流星就已经不见了,天空又回到黑暗。

他悲剧的爱情故事,发生在英国伦敦。他在爱尔兰长大,在都柏林三一学院读书。毕业之后,因为才华横溢,获得奖学金,20岁就去了牛津大学莫德林学院读书。在那里,他成长为一位唯美派的哲学家、文学家,后来他被称为唯美主义的先锋。

我们都知道在维多利亚时代,唯美主义一方面受到欣赏,另一方面也充满了风险和危机。唯美,意味着打破禁区。在那个年代,人与人的感情,浪漫的想象,总是受到很大限制。而他打破世俗的爱情,也正在这限制之列。

王尔德读完牛津大学后,就搬到伦敦住了。他30岁结婚,结婚之后马上生了两三个小孩。完成学业后娶妻生子,这是当时的常规做法,才子也难免落入俗套。可是这都是假象,他真正的爱人,是一个比他年轻16岁的男人。

不过我们也不能武断地说,他娶老婆、生小孩是假象。因为毕竟人的爱情没有框线,也不太应该有框线。谁说过人不能有大爱,爱所有的人，爱任意一个人。不管对方年纪大还是年纪小，是男或是女，他都可以爱。地球上有这么多人，每个人对爱情的感觉都不一样，自然就可以有不同的选择，甚至爱可以同时发生在很多人身上。

当然，婚姻是另外一回事。因为婚姻建立在合约之上。一直以来的一夫一妻制，就是一种大家公认的合约精神。所以，你一旦打破合约精神，就变成法律问题。假如只从道德角度来看，这种广泛的爱倒是可以去思考、讨论的。

作为大才子，我们从王尔德的小说、戏剧里可以发现，他不断通过笔下的人物，来打破种种世俗的禁忌。生活中的他自己同小他16岁的年轻人谈恋爱，爱得死去活来。两人关系非常好，做尽了所有可以做、应该做的浪漫的事。

但是爱情不总是美好的，他后来写他们交往的过程时也说，其实他自己一方面觉得浪漫，一方面也很痛苦。这个年轻人，小名波西（Bosie），本名叫阿尔弗莱德·道格拉斯（Alfred Douglas），本身也是非常放肆的人，两个人当时的关系是很大的禁忌，可是两人还在公开场合调情。

而这段感情最让王尔德痛苦的地方是，波西爱乱花钱。波西本身也很有钱，可就是爱花王尔德的钱，这让王尔德承受了很大的经济压力。后来，他俩的事情被波西的父亲知道后，他的父亲很不高兴，觉得自己的孩子怎么跟一个老男人在一起，于是就到处说王尔德的坏话。甚至，有一次去一家餐厅，在墙壁上贴了一张纸，指名道姓地骂王尔德。因为王尔德与波西的关系，在当时是犯法的。

王尔德当然很生气。此外，波西居然怂恿王尔德去告他自己的父亲。波西说，你告他诽谤吧，他居然公开点名骂你。其实这件事有些莫名其妙，他们两个人都知道这是事实，波西父亲只是公开了他们的隐私而已。可以说他侵犯隐私，但严格来说侵犯隐私都算不上，因为他们公开调情，所有人都看到了。

王尔德一世英名，却一时糊涂，居然真的傻乎乎地控告波西的父亲诽谤。波西家很有钱，父亲是一位侯爵，不可能忍受这样的污蔑，随即他就反击了。若要证明他没诽谤，就必须证明王尔德和波西之间确有其事。于是，波西父亲找到私家侦探明察暗访。结果王尔德确实私德有亏，一查就查到详细记录。除了发现他与波西有甜蜜约会以外，还查到王尔德与其他人发生过关系。波西父亲找到证据，很快就公开了。

1895年，王尔德被告到法院。官司开始时，他41岁，已经成名，在社交圈子、文化圈子都声名赫赫。他打扮得体，风流倜傥，深受人们喜爱。在打官司以前，王尔德已经写了《道林·格雷的画像》，这是他37岁出版的小说，还有《不可儿戏》等戏剧。全盛时期，伦敦同一天有三家剧院都在演王尔德不同的剧本，他的确是非常厉害。

可是，即便王尔德再厉害也保不住自己的名声了。在当时保守的环境下，这场官司让王尔德身败名裂，还被判了两年刑。他太太与两个儿子非常伤心，并且也心生埋怨，觉得受到牵连，有损名誉。我们不要低估了名誉被毁坏所带来的压力。当没有事情发生时，人们总觉得无所谓，既不痛又不痒，随别人怎么说。可是当别人真的说你的时候，那种从眼神、嘴角露出的不屑的嘲讽，会像石头一样砸在头上，让人非常受不了。

所以后来王尔德的太太与两个儿子都改了名,改姓霍兰(Holland),并离开了伦敦。王尔德坐牢期间也没有闲着,他写了一封长信,其实说是文章或是回忆录也行。总之写完后,他想请监狱的管理员替他寄出去。

王尔德想把这封信寄给波西。因为他坐牢前已经和波西交往四年了,王尔德自以为两人感情深厚,但在他坐牢的时候,波西却这样无情无义,一次都没有看望过他。就算后来波西解释说,我心中还是想念你的,但也只是有情,还不够仗义。后来监狱管理员也没有将信寄出,直到王尔德后来坐完牢了,他才拿回了这些手稿。

手稿拿回来后,王尔德交给他的一位仗义朋友,名叫罗比(Robbie),后来也是他处理王尔德的遗产的。罗比把信交给波西,波西看到信后,非常生气,竟然把它撕掉了。幸好罗比另外抄写了一份副本,并收了起来。很久以后,这份副本被交到了大英博物馆,而且被要求六十年内不可以公开。几经辗转,这份副本最后交到了王尔德的儿子手上。一直到了1949年,当事人都已经去世,这封信才被公开。当时公开的时候,信件并不完整,遗漏了一些,还有一些错误的部分。直到2000年重新修订以后,完整版本才得以公开。

这封信后来被大家称为《狱中记》(又译《自深深处》),读了让人很难过。假如你喜欢王尔德的才气,你就能看到他的悲痛。他在其中回忆到他跟波西的交往,表示其实对波西的一些行为作风很不满,可是因为爱,他一直忍受着,觉得总有一天波西会改过的。这其实就是爱,包容对方,支持对方,但不表示从心底认同与肯定。可是即便不认同,但也永远为对方留有机会。这是真爱很核心的一个部分。

当然，感情中要是这样做，会很容易付出代价。王尔德就在书信里面说：我的名声全部毁坏了。不管我走到哪里，人家都认得我，还知道我所做的事情。而你，居然好像对一切都无动于衷。虽然在信中王尔德写了很多吐槽波西的话，但同时，他也常常自我反省。他说：我对你的种种缺点的包容，是因为我爱你，而付出的高昂代价，是我承受了很大的痛苦。可是也因为这样，我才更确定地感受到自身的存在，痛苦给了我力量。

接着，王尔德又说："而这种力量，对我来说，就是快乐的所在，幸福的所在。"

听起来王尔德有一点受虐倾向，但其实他是比较理性的，因为他会从痛苦中学习，感受自己的坚强。他说："我从痛苦中知道自己必须学会快乐、学会幸福。"这个很重要，他不是说痛苦必然自动会带来快乐和幸福，而是说"我必须学会"，关键是"学会快乐、学会幸福"。换句话说，快乐和幸福是一种选择，不管外面的环境怎么样，每个人对你诽谤、攻击，或是压迫，你内心还是可以选择快乐、选择幸福。

所以，王尔德在信里面告诉波西：我写这封信，不是为了在你心里留下痛苦，不是为了让你跟我一样痛苦，而只不过是想拔除我自己心中的怨恨。就算只为了我自己，我也必须宽恕你。一个人，不能永远把一条毒蛇养在自己心里面，也不能自己每天晚上都去浇水，在自己心中的花园里面养一些不好的植物，一些有刺的植物。所以就算为了我自己，暂时不能诉说我对你的爱，我不能自己害自己。这一段王尔德说宽恕就是力量，宽恕别人，等于也是放过了自己。

这封信很动人，我记得那时候看，看得真的想哭。王尔德还在书信里对波西说，我知道我也有不完美、不圆满的地方。可是，我希望你也能够从我这边学到很多东西，至少你可以从我身上学到生命和艺术的快乐。或许这样说吧，冥冥之中，上帝选中了我来成就你，来教你世界上的美好的东西。

其实从佛家的视角来看，王尔德觉得自己在做功德：他承受痛苦，成就了波西的成长，或许仅仅是他自以为的波西的成长。所以，王尔德很正能量，虽然自己坐牢很悲伤，可是他坚信这种悲伤是有意义的，也有它的美感。

从这封书信里，你可以看到，王尔德不仅有才气，有智慧，有幽默感，他还是一个很懂得反省、很正面的人。他很懂得从痛苦中找寻令自己坚强的力量，而且借助这份力量不断让自己往上提升。

坐完两年牢后，王尔德离开了使自己伤心的英国，去了巴黎。这个时候很有意思，原来带着两个儿子离开的太太，居然要求跟他复合。他太太也很特别，明知道丈夫不喜欢她，却还是愿意回到他的身边。可能他太太是位自由主义者，觉得别人的看法无所谓，爱就是爱，不管对方是谁，只要他愿意选择回到自己的身边，就愿意继续与他生活下去。而这个时候，不够仗义的波西，居然也回来找王尔德。他回来同王尔德说，我们再在一起吧，重新在一起吧。

这时候，面对两边的选择，王尔德又会怎么做？他还是选择了波西。他觉得自己还是爱波西的。我对这点蛮感兴趣的，不知道他做出选择背后的依据是什么，是不是想着，既然已经迈开了第一步，走到这里了，那就坚持下去吧，继续和波西在一起。可能相对老婆来说，他还是觉得和波西在一起更能感受到幸福吧。

反正不管他怎样想，最后都选择了跟波西在一起。两个人在巴黎、意大利过了短暂却很浪漫的一段时间。可是没几个月后，波西又很任性地跑掉了，两人再一次分开。到最后，46岁那一年，过完生日没多久，可怜兮兮的王尔德因为肺炎，自己死在了巴黎一家小旅馆里面。他流星般才子的一生，就这样结束了。

人们总是仰望流星，却不敢靠近流星。患难见真情，幸好王尔德生前还有一些仗义的朋友，帮他处理后事，安排了一个很体面的墓。现在去巴黎拉雪兹神父公墓，我们还能看到王尔德的墓碑。这座大名鼎鼎的公墓里，葬了几万人，其中有很多名人，像普鲁斯特、肖邦等，他们都葬在这里。

王尔德的墓很好找，很有特色。他的墓旁边，有一处小小的地方用来放石头，上面有很多女生留下的唇膏印、口红印。你看，大家都爱王尔德爱到这种地步，即便死了，也还要来吻他。但是因为王尔德曾说"一个吻足以摧毁一个人的生命"，现在拉雪兹神父公墓管理方规定，游客不准留吻，因为"这些吻足以摧毁作家的墓碑"。

王尔德与波西的爱情一直受到世人指责，后来时代变了，大家对于同性之间的爱情的看法更为开放。英国政府通过了《图灵法案》，以前许多因为同性恋而被判刑获罪的人，不管有没有名气，都因此获得赦免、平反，其中就有王尔德。假如按照中国人的做法，大家应该把这份平反书拿到王尔德的墓前烧掉，告诉他：王尔德先生，你平反了。不知道才气纵横的王尔德会不会在意是否得到平反。

当然，这种特别的爱情关系，有很多值得思考的地方。就像前文提到的，他在出狱后为什么还选择和波西在一起，选择爱一个"人渣"？他当然知道波西是"人渣"，他坐牢时波西也没来看他一眼。但爱一个"人渣"也是一种爱，人也有权利去选择"人渣"。倒过来想，这个"人渣"是怎么想的呢？那么凉薄，两年不去看自己的男朋友，在男朋友出狱后却再一次选择他。是因为男朋友是鼎鼎有名的才子王尔德，还是自始至终压制不住自己心中的爱？在不曾探望的日子里是否有过内疚呢？所以，这种爱情关系是有很多角度可以思考的。

或许爱情没有对错，只有真假吧。当爱情的感觉来的时候，前面纵有万水千山，困难重重，却还是会深呼吸一口气就往前走。可能爱情就是这样吧。

阅读小彩蛋

王尔德的金句太多了,其中最出名的,是这句:"我们都生活在阴沟里,但仍有人仰望星空。"这句话完全表明了王尔德心中的理想主义与浪漫情怀,很动人。

还有一句很有意思的,他说:"什么是离婚的主要原因,就是结婚。"也对,没有结婚就没有离婚。这句话也可以理解为,因为结婚才让人们明白,其实相爱的两个人也会相处不来。就像我说过,婚姻让人成长,结婚之后,经过一段时间,你才真的明白自己喜欢什么,不喜欢什么。

我们深深怀念王尔德。去巴黎,一定记得去墓园看看他。

竹久梦二：画家和他的三个女人

我曾经看过一个非常有意思的展览，是把一位中国画家、一位日本画家的作品，放到一起做联展。假如你对中国艺术史、当代艺术史稍稍有了解的话，会觉得把这两个人的作品放一起的想法很有创意。这两个人，一位是中国的丰子恺，一位是日本的竹久梦二。两个人从来没有见过面，虽然他们同时生活在20世纪八九十年代。其中大约有10个月的时间，他们两人在同一个时空里生活过。丰子恺从中国去日本留学的时候，他们都在日本生活，虽彼此从未见过，但此时丰子恺已在东京的旧书摊上翻阅过竹久梦二的作品。在中国大名鼎鼎的丰子恺，其艺术风格深受竹久梦二的启发与影响，主要表现在画中呈现的禅意和美感。

对丰子恺与竹久梦二的展览，就我个人来说，特别有感觉。因为过去两年，我家房子里挂着的主要都是西方画家的画，毕加索、莫奈、马蒂斯等等。而在我家门外的走廊，挂着两位东方画家的画，就是竹久梦二与丰子恺。我不是因为知道他们之间的缘分，才把他们组合在一起的，而是隐隐约约感觉两个人的味道对了，就放在了一起。我家住11楼，如果朋友来找我，搭电梯一上来，门一开，他们就会看到丰子恺。再往前走，还会看到墙壁上，挂着竹久梦二的美人画。因为特别喜欢，我还把竹久梦二高仿原尺寸的画裱起来，送过几个好朋友。

丰子恺先生，我们下次再谈。这次，我们先谈谈对他启发很大的竹久梦二。

竹久梦二是大正浪漫时期的代表人物之一，出生于1884年，1934年50岁时去世。他的身体不是很好，看上去比较瘦弱，眼神尤其忧郁。

他原名叫竹久茂次郎，竹久梦二是他的出道艺名。茂次郎出生在冈山，父亲是个地主，有些钱。他活过了大正时代，也就是日本大正天皇在位的14年，从1912年到1926年。大正时期虽然时间不算长，但非常关键，因为大正时代后，紧接着明治维新。这一时期发生了很多事件，包括甲午战争、日俄战争，还有后来的"一战"。整个日本改革之后，贸易、经济高速发展，逐渐展现出它雄厚的国力。简单来说，资本主义大发展，在此背景下，西方个人主义、现代主义、艺术、人文思潮都涌进来，整个时代开始转型，市场空间也有了大的发展，各种书籍、报刊涌现，大量的工作机会随之出现。

大转型展现的繁荣，让人们对日本的未来很有信心。不像明治维新时期，在艺术创作上人们只是学习、模仿、抄袭，而此时艺术家们开始试图探索、融合不同的艺术表达。所以这一时期，艺术各方面展现出一种浪漫情怀，隐含了一种期待、一种光明，同时也蕴含迷惘跟哀怨。

哀怨来自哪里呢？对于过去的日本，大家都知道是有值得怀旧、拥抱的好东西的，可是到底拥抱哪部分，放开哪些，人们普遍还是有些迷惘的。

竹久梦二的画，就是在这样一种环境中诞生的。你看他画里，出现了很多西方人，西方人旁边，通常还有一位日本女人。日本女人的眼神很迷惘，有传统日本女性的含蓄、温柔，特别是当她们面对外国人，或者是站在海边，看着外国商船的时候。竹久梦二用女人的眼神，展现了他自己的一番日本浪漫情怀。

竹久梦二的父亲虽然是地主，但后来落魄了。他自己从小除了读书，什么都爱，跑步也爱，打球也爱，歌舞伎也爱，话剧也爱。后来，竹久梦二中学没读完就退学，离家出走了。在他妈妈、姐姐、亲戚的资助下，他到了东京读实业学校，在商学院做工读生，平常打工、送报、送牛奶，甚至拉车也干过。

他很上进，始终追求自己的兴趣——画画。他还结交了一些艺术家、文化人做朋友。这些朋友中很多是左翼分子、社会主义者，于是他跟他们住在一起，搞社会运动，给一些报纸杂志画插画。在插画里，可以看出很热情的政治色彩。

后来他慢慢从政治狂热里冷静下来，专心在整个社会转型的处境里，找寻美感，找寻生活的美。他特别强调用女性的视角表达想法，通过女性来展现普通日本人在大转型时期的迷惘，实际上迷茫并不分男女老少。

他不仅画美人画，也写小说、散文、诗歌，还为这些作品配图。画里除了女人以外，也有小孩，充满了童趣。就这样，他画着画着就成名了。1930 年到 1933 年，他受不了当时日本军国主义的狂热，就跑去了欧美国家，进行了很长一段时间的旅行。旅行中，他还去了台湾做展览，算是来过中国。虽然当时的台湾是被日本占领统治的。之后，竹久梦二在东京去世了，仅仅活了50岁，是一位短命的艺术家。

竹久梦二的美人画很出名，我们翻开任何一本他的画册，都会看到这些美人。这些女人通常穿着日本传统和服，五官很美，气质优雅。她们有时候完全闭上眼睛，有时候眼睛张得大大的，好像手足无措似的，明知道国家发生了巨变，可是她作为一个普通日本女人，又能怎么做呢？感觉她们是很迷惘的。

竹久梦二自己也比较过日本与西方画风的差异。他认为，笼统来说，西方画是从光而来的，从光中取物，从光中看到人和事物，然后通过点、线、面表达阴影关系，构成一幅画。而日本的画，是从心而来，更倾向于心像。也就是说，画的可能是人，可能是事物，可能是一种当时的处境，但最终真正想表达的是心里面的状况，是人与外面世界之间的距离、位置关系。一个是光，一个是心，这是竹久梦二认为西方画和日本画的根本区别。

竹久梦二画的这些女性，主要同他生命中的三个女人分不开。这三个女人，是他的妻子和两位情人。

第一位，就是他妻子。他妻子是卖明信片的小店老板，名叫万喜，两人的婚姻仅维持了三年。两人很开放，离婚之后仍经常交往约会，甚至还又生下小孩。结婚期间二人育有一子，离婚后又生了两个儿子。竹久梦二于1909年出版了第一本画集《春之卷》，当时他才30多岁。他在扉页上面写着：**我的画献给眼眸分明的人**。眼眸分明的人说的就是万喜。竹久梦二的很多画册里，都是由万喜来做模特的。

第二个女人是笠井彦乃。竹久梦二30岁开始跟她交往,当时笠井小姐才19岁,是古纸店老板的女儿。竹久梦二是画家,总要去买纸,结果就看上了店老板的女儿,两人就私奔了。这个女生本身也是学美术的,当然会仰望竹久梦二。两人非常亲密,可是笠井小姐很短命,他们私奔到京都没多久,笠井就去世了,年仅23岁。

她去世之后,竹久梦二很长时间都非常忧郁与悲哀,写了很多诗来怀念她。对他来说,这个女生就是他的梦中情人。有时候就是这样,越无法得到的,越觉得是一生中的最爱,生命中好多事情都是这样。

后来他与第三个女人交往,结果也是不长时间就分手了。分手原因很简单,因为竹久梦劈腿。这个女生与前面的女老板、老板的千金不一样,她是个草根,当过模特。可是,竹久梦二作为艺术家,不计较这些。这个女生简称"叶",叶无法接受竹久梦二出轨,就离开了他。

竹久梦二作为艺术家,常参加一些艺术团体,这些艺术团体里的朋友也看不下去他出轨。后来竹久梦二自己写散文也提到说,**那时候真是荒唐,想起来就羞耻**。艺术团体给他压力,劝他改邪归正,断了那些不正当的感情,把叶追回来。竹久梦二后来也答应了,可是没有用,太晚了,他离开那些女人之后,叶还是没回来。

就是在这样爱情不断的情况下,竹久梦二受女性启发,画出一幅幅的女人画像,这也构成了当代日本艺术很重要的一部分——竹久梦二美人画。

前几年中国有一个很著名的服装品牌,设计了一件创意来自竹久梦二美人画的女性浴袍。宣传的时候称,穿上这件浴袍你就能变成竹久梦二美人。我们可以想象,竹久梦二的粉丝买了这个品牌的浴袍回家。她的香闺睡房,还有她的厕所、浴室都挂着竹久梦二美人画,她泡着肥皂水,洗完之后,穿上品牌的浴袍,感觉自己化身竹久梦二画里的美人,真是一种特别的大正浪漫。

竹久梦二很早就被中国的艺术家、文人注意到。最开始有几个人特别关注他,其中一个就是大名鼎鼎的周作人,他留学日本时就已经注意到竹久梦二了。他的哥哥鲁迅也注意过竹久梦二,可是不像周作人那么着迷。鲁迅留下的文章偶尔提到过竹久梦二,而周作人直接写很多文章,赞美他充满童趣,充满浪漫。周作人说竹久梦二的画里藏有两个字:天真。

可是,周作人对其也有哀怨的一面,说竹久梦二的画很多是替一些儿童读物来画的插图,他是少男少女的画家。虽然不是说他只为少男少女画画,但是正因为此,他的一部分插图中包含着天真。不是说竹久梦二故作天真,而是他在天真里面,也包含着成熟人的世故,与成熟人面对时代转变的迷惘。所以从这个角度,我们更能理解,他是如何启发了中国的丰子恺的。

当时把竹久梦二的画介绍到中国的,除了周作人,还有丰子恺。丰子恺身体力行,不仅在中国介绍竹久梦二的画,自己也模仿他的画。除了这两人,朱自清也曾写文章谈过竹久梦二的画。

到了21世纪,把竹久梦二推在大家眼前的,是上海的陈子善教授,他编了一本叫作《竹久梦二:画与诗》的作品,书中搜集了竹久梦二的画和诗,还写了一篇长序,谈论丰子恺、周作人与竹久梦二的关系。这里面的诗,是中国很重要的翻译家林少华翻译的。假如读完这篇文章,对竹久梦二感兴趣,那么这本小小的、印刷精美的书，非常值得去阅读。

竹久梦二还著有小说，其中有一部带有自传的意味在里面，叫作《出帆》。替这本书写序的是住在北京的作家止庵。止庵先生很有意思，一开始他写这篇序，引用了川端康成的说法。川端康成文章中称他曾经拜访过竹久梦二，但恰好竹久梦二不在家，此时他看到有个女人坐在镜子前。她的姿势居然与竹久梦二的画中人一模一样，让川端康成一下怀疑起了自己的眼睛。

可以想象川端康成当时的感觉，他肯定以为自己见了鬼，画里面的人跳进现实，好像游园惊梦一般。过了一阵，川端康成又看到那个女人站了起来，她会动，会笑，是个活生生的人。可是一举手一投足，又像是从竹久梦二的画里面跳出来的，这让他非常吃惊，连话都讲不出来了。

川端所说的这个女人，就是原名为佐佐木兼代的模特——叶，也就是刚提到的第三个女人。川端康成说，竹久梦二画女人形体画得最好，这可能是艺术的胜利，也可能是一种失败。止庵解读这句话说，艺术的胜利容易理解，就是说画得传神；而失败则是说，川端康成无意中发现他的画居然来自现实，而不是仅来自脑海的创造，他觉得这可能是一种缺陷。因为川端康成总是想着，艺术与现实生活之间应该有距离，这样比较能突显美感。这是止庵先生的解读与看法。

无论是现实也好，纯粹想象也罢，真正留下来的终归是作品，最重要的也是作品。作品能够留下来，让一代又一代人看得有所感动，这就足够了。这样说起来，就很容易明白为什么自己当时无意之间开始喜欢上竹久梦二的画，喜欢到把它挂在我家门外的走廊，就是因为被里面女性的暧昧,以及那天真又迷惘、哀伤的感情打动了。

  这就是竹久梦二,大家可以上网搜一下他的美人图来看看。当然你也可以去穿一下那件浴袍,做一位竹久梦二美人。

阅读小彩蛋

分享两句竹久梦二文艺腔的诗吧:

悲痛的人最好独自悲痛,一直走到,悲痛的天涯海角。那里再没有制造悲痛的日子。

意思是说,只要一直向前走,就再也没有制造悲痛的机会了。大家快去看竹久梦二的作品,也快去做一下竹久梦二美人的春秋大梦吧。

诺贝尔：无法忘却的红颜知已

有许多人我们表面看好像没有关联，八辈子搭不上关系，可只要换一个角度看，好像也不尽然，他们冥冥之中有一些微妙的联结，可以用一条线把他们贯穿起来。这一篇我们要谈论的是一位外国的大师，一位很重要的发明家——诺贝尔。对，就是诺贝尔奖的创始人诺贝尔。

听起来，诺贝尔与中国文学家、翻译大师金克木，历史学家陈寅恪毫无关联，他们三位生活的年代不一样，关注的领域也都不一样。可是，假如我们从男女关系的角度来看，这三个人就能产生关联。

我们先从陈寅恪的一个观点说起。陈寅恪的爱情、婚姻关系都非常美满，他和太太唐筼是才子才女，大学问家，二人人品也好，夫唱妇随，生活幸福。他们俩与大家经常谈到的文人学者——钱锺书、杨绛、赵元任、杨步伟，都是让人羡慕的伉俪。可是陈寅恪却认为这不是最高等的爱情，他说男女关系其实可以分五等，层次不一样。第一等爱的根本不是一个有血有肉的人，而是一个理想，一个可以随时献身的理想；第二等爱的是有血有肉的人，可是没有肉体关系，只有精神恋爱；第三等是虽有肉体关系，但只有寥寥几次，便一辈子忘不了；第四等是终身相守的夫妻关系，长长久久，彼此忠诚；第五等，是不入流的关系，谈不上爱，只有性。这就是陈寅恪先生眼里的五等男女关系。

我们再用这个标准来看金克木。金克木曾经和一位女性有长达50多年的通信，她堪称他的纸上红颜知己。据说他们其实在香港也见过面，年轻时候是有机会在一起的。所以陈寅恪自己做了他分类里的第四等；而金克木身体力行，做了第二等或第三等——有相爱、相知的对象，可是没有或者没有长久的肉体关系。

现在轮到这一篇的诺贝尔，诺先生——这是香港一位公众人物的笑话，他认真地以为诺贝尔姓诺——曾经有过一段很短暂的恋爱，不确定这段恋爱中是否有肉体关系，可是之后他们始终保持信件往来，甚至诺贝尔后来在1895年的遗嘱里设立和平奖，也与这位保持长久暗恋关系的女人有关系。所以，当我们谈论诺贝尔和平奖的时候，除了记得诺贝尔先生，也别忘了这位名叫苏特纳（Suttner）的小姐。苏特纳是很有意思的人，她在1905年就获得了诺贝尔和平奖，当时诺贝尔已经去世了，她是这个奖项的第一位女性得主。

诺贝尔先生怎么跟苏特纳认识的？那就要从头说起了。诺贝尔跟她相处的时间很短暂，有人说一个礼拜，有人说半年，反正是符合了陈寅恪先生所说的第二等或是第三等的爱情。

话说从头，诺贝尔于1833年出生在瑞典，1896年因心脏病去世。跟苏特纳认识的时候，诺贝尔已经43岁了，那时候他已经大有名气，发明了名叫"硅藻土"的炸药，这是一种能够让硝酸甘油很稳定地产生爆炸的成分。很多人会误解，以为是诺贝尔合成了硝酸甘油，实际上硝酸甘油是诺贝尔的老师索布雷罗合成的，诺贝尔是在他老师的研究成果的基础上，发明了一套装置可以让硝酸甘油发生最稳定也最有威力的爆炸。

当然，诺贝尔是大发明家，他的发明不只有这种炸药。他累计获得了350多项专利，我们生活中很多小东西，比如汽车的刹车系统，其中有个小装置也是他发明的。诺贝尔43岁的时候已经富可敌国了，他同时还通晓英文、法文、德文、西班牙文等几种语言，非常厉害。当时他在报纸上发布征人启示，要聘请女管家。有机会成为富豪的女管家，当然有很多人报名，报名的人里就有苏特纳，苏特纳因其通信中得体的表达及展现出的智慧，得到诺贝尔的赏识，最后她应聘成功了。

虽然这份管家职位来之不易，但因为种种不得而知的缘由，苏特纳仅仅当了一个礼拜（一说是一个月）的管家就走了，回去同她的未婚夫结婚。虽然不做管家了，但她也和诺贝尔继续保持通信，维持着朋友关系。

苏特纳于1843年出生在布拉格，1914年去世，是一位奥地利作家，一辈子都在写作，呼吁大家不要把钱、时间花在发明各种军事武器装备和战争上，推动世界和平发展。1889年，她写了一篇小说，中文译作《放下武器》，内容主要就是呼吁世界和平，这部小说也成为奥地利和平运动的象征。她还创办了奥地利和平主义组织，发行和平主义期刊等等。她在这方面的种种贡献，让她在1905年获得诺贝尔和平奖。

而诺贝尔在1895年的遗嘱上说，要将遗产创设为化学、物理、文学奖，还有和平奖，也是受到苏特纳的影响。虽然他们从1876年后就没有再见面了，距离诺贝尔订立遗嘱的1895年，还有将近20年，可是诺贝尔早就被这位小姐的和平主义深深影响。当然，让他确定要在设置化学、物理、文学奖项之外，再颁设一个和平奖，还有一个很重要的引爆点，就是从小和他一起研究发明、做生意的哥哥路德，去世了。

在他哥哥去世，法国报纸报道这个消息时，弄出乌龙，把他哥哥的名字错写成了他的名字，以致当时大家就以为是有名的诺贝尔先生死了。接着一份法文报纸报道时起了这样的标题，翻译成英文叫作 The Merchant of Death，也就是"死亡商人""死神商人"，意思就是专门买卖死亡的人，自己也死了。诺贝尔读到报道就很难过，一方面，觉得自己一辈子做了很多发明，但大家注意到的只有他发明的炸药，他觉得这是大家的偏见。另一方面，我猜诺贝尔先生心里也明白，虽然从科学家、发明家的角度，他的发明不为结果负责，别人怎么用是别人的事——就像有人用刀来杀人，有人用刀来保护自己；有人用炸药来抢劫，有人用炸药来开山、建工程——科学家只管发明创造，如何使用要靠人类自己的智慧来判断。可是，无可否认，很多人都将诺贝尔发明的炸药用在战争上，那些军人的死亡、年轻人的死亡，甚至炸药刚被发明出来时，大家不懂如何安全使用而导致的死亡……无可避免，他还是隐隐觉得心里有愧疚，认为这些人的死亡都跟他有关系。

他哥哥的去世、一份报纸标题的乌龙，还有他50多岁回顾自己走的路，种种因素之下，他决定设立这个和平奖。当然，最根本的原因还是我们刚才说的苏特纳小姐，她一直以来都是诺贝尔的精神爱人，传输给他和平主义思想。与化学、物理、文学奖等其他奖项不同，和平奖像是突然冒出来的一项荣誉，所以必须从当事人的角度，他的忧愁、恐惧，以及他爱的对象来看才能理解。至于诺贝尔经济奖，这是诺贝尔离世后，委员会商量出来的结果。

后来每一年的诺贝尔奖大概在10月公布，12月10日前后颁奖，因为这个时候是诺贝尔先生的忌日，人们特地选在这个时候，由瑞典国王来颁奖，表彰得奖者，也纪念诺贝尔。

诺贝尔在瑞典长大，从小和哥哥、弟弟一起做发明。很可惜，他的弟弟在一次工厂炸药的试验里被炸死了。诺贝尔的父亲也是做发明的，诺贝尔出生的时候，父亲已经开始研究雷管、鱼雷这些东西。父亲先把孩子放在瑞典家里，然后自己跑去俄国圣彼得堡做生意，做出规模后，举家移民。所以，诺贝尔9岁时就同家人去了俄国读书，从小跟着父亲、哥哥在父亲的工厂里玩。由于自小耳濡目染，诺贝尔对于炸药，特别是烟火非常喜欢，他常常自己去寻不同的材料做试验，看看哪个容易烧着，哪个烧得漂亮，他的好奇心特别重。

他18岁时，因为父亲有钱，就被送去美国学化学。几年之后，他又去巴黎，跟着硝酸甘油的发明者索布雷洛学了几年。之后他父亲的生意落败破产，他也回到瑞典，与他哥哥们一起接手做生意，从事各种发明活动。他们不断研究、改良技术，尝试如何把炸药做得更稳当，威力更好。这个过程当然引出了很多悲剧，因为刚开始总要承担风险，即使是运送炸药，有时候也会有意外。在工厂、船上，都曾经炸死了好多人。甚至一些人因为无知，把硝酸甘油用作润滑剂，有人用它来刷皮鞋、刷马具，有人用它给车的引擎润滑，甚至男女之事有人也用它，非常荒唐。

硝酸甘油的发明人看到爆炸新闻的时候，就很感慨，他拿着报纸说：老天，我当初怎么会发明出这种残害生灵的物件来，我真后悔，我真是罪人，给大家带来了痛苦。发明人总是内疚，这种心情一定是难免的。就好比很多科学家谈到原子弹，都必须反复告诉自己，这是站在科学的角度进行的研究，怎样使用那是人类文明与野蛮之间的选择，与自己无关。发明家必须要看懂这一点才行，若是看不开的话，就总是觉得"我不杀伯仁，伯仁因我而死"，仿佛自己的双手满是鲜血。

诺贝尔一辈子就这样，一边发明各种大大小小的东西，改善人类的生活，一边利用这些发明赚钱。此外，他也非常慷慨，除了捐出遗产来设立诺贝尔奖外，还有很多关于他慷慨的小故事。

诺贝尔家里有个女佣，每天煮很好吃的早餐给他。有一天这个女佣要结婚了，诺贝尔当然很高兴，一时激动就说，结婚我总要送个礼，告诉我你有什么期待。那个女佣也很聪明，不知道是不是早就想到，回答说：我什么都不想要，老板，你就把你一天赚的收入送给我吧。假如诺贝尔先生早知道自己一天的收入是多少，他可能不会答应得那么爽快。不过他也根本不在乎钱，所以就一口答应了。诺贝尔找来会计，计算自己一天收入是多少，结果算完发现，他一天的收入是4万法郎！原来是4万法郎！不知道诺贝尔真是个言行一致的人，还是为了面子，总之他二话不说就把4万法郎送给那位女佣了。据说那位女佣光是用4万法郎的利息，就已经够舒服地生活一辈子了。

诺贝尔就是这样的人，在他心中，虽然他靠着他的专利发明赚钱，但那都是副产品，他真正享受的是发明的过程和成果。他确实让个人的事业做得很好，也让人类文明变得更好。

诺贝尔一辈子没有结婚，没有小孩，仅有几段恋爱。一段恋爱是与之前提到过的、影响他设立诺贝尔和平奖的苏特纳小姐。之后他还追过另一个女生，恋爱时他对女生很好，写过很多情书，还送她豪宅，称呼对方为诺贝尔太太。可是后来发现这个女生不仅贪慕虚荣，总是需要花不完的钱，还对爱情不专一，诺贝尔就想跟她断了关系。可是断了一阵子后，这个女生居然来勒索他，要一大笔钱，如果诺贝尔不给的话，就把之前诺贝尔写给她的情书卖掉。诺贝尔可能不希望隐私被暴露出来，于是只好给了她大约40万法郎，买回了她手里的信，这件事让他非常伤心。后来他始终没有结婚，一直到63岁。去世前一年，他一再修订他的遗嘱，最后在第三份遗嘱中确定了创立诺贝尔奖，一直影响到现在。

阅读小彩蛋

最后我们来读一下诺贝尔遗书里，关于成立诺贝尔奖的那段话。大意是说：我经过慎重考虑，财产部分分配给个人，部分换成现金，进行投资，将每年所得的利息颁给前一个年度对人类社会有贡献的人，分为五等份，颁给不同的奖项。

很明显，他的红颜知己苏特纳小姐就符合这个标准。在诺贝尔去世后第十个年头，也即1905年，苏特纳获得了诺贝尔和平奖。苏特纳是值得的，是她影响了诺贝尔，尽她可能推动世界和平，同时让我们每个人都心存希望，看能不能有一天自己也拿到诺贝尔奖。

福楼拜：长久凝视的魅力

　　曾经有人问我，说我到处走，去各地演讲，参加不同的活动、不同的工作，哪儿来这么多时间写作。我觉得这样的提问其实是对我的误解，因为实际上我是一个非常有纪律的人。我参加不同的活动，做不同的工作，那是出于责任，我要用最有效率的方法把它们解决。有时候是觉得那份工作有意义，有时候是为了赚钱吃饭，养家、孝敬爸妈，那是工作上的责任感。可是，对我来说，生命里最重要的事情就是写作，不管是以前写的散文，还是后来写的小说，都是最重要的。为了写作，我会抛开其他事情。毫不夸张地说，我放下的事情与工作，比我已接受的要多五倍、十倍，甚至二十倍。我尽量把时间都放在写作上，从一开始就认真地写作，我是非常有纪律、有规律的，按照一定的时间，用一成不变的，甚至是刻板的生活方式来写作。而且我不相信灵感，我需要用心找材料构思、修改。当然，那不表示我写出来的就一定是什么了不得的伟大作品，可至少是对得起自己的。伟大不伟大有时候没办法，每个人的天赋决定你能做多少事情。可是，假如我没有纪律地工作，我就对不起自己，辜负了自己拥有的头脑和才华。每个人的才华和头脑都是不同的，要想办法，用一个固定而有效的方式，利用它们完成任务。

唠叨了这么多，其实是想引出这一篇要谈论的人物，也是我年轻时就已经认定的偶像。认定的理由，除了因为阅读他的作品很受感染、很受震动以外，更重要的是，我很崇拜他那种很有纪律的写作精神。我从这位作家的故事里学习了上进的精神，一直深深印在心中，不敢怠慢。这位作家始终很有纪律地做自己愿意做、喜欢做的事，他就是大名鼎鼎的法国人福楼拜。

福楼拜写了很多作品，例如《庸见词典》，这部作品就是将法国 19 世纪时，大家经常会挂在嘴边的滥词套语关联，用一种幽默风趣的方法来重新解释。还有很重要的长篇小说《情感教育》《包法利夫人》，都出自福楼拜的笔下。我十来岁读这些书时，半懂不懂，只能跳着读，光看情节。虽然是这样囫囵吞枣地读，但我也很受震动，为什么呢？因为作品里面讲了一位女生，结婚之后却出轨，交往情人，后来又被情人抛弃，到最后以自杀收场的悲剧故事。我感觉到一个人被命运摆布，可是她又不甘于此便不断挣扎，她追求她的情跟欲的解放和自足，她去追求，去付出，最后却没有好结果，她很伤心，服毒自杀了。在我看来，福楼拜写出了那种求仁得仁的哀伤，这种哀伤其实是用快乐来打底的。假如她不那么勇敢去追求她自己喜欢的关系，可能一辈子就这样了，当一位医生的太太，相夫教子，过一种看起来好像很平静又和谐的生活。可是如果这样，她的心就会死掉，她的人生也就变得平平无奇了。她选择了一段很曲折，但对她来说也是激情万分的生命，不计长短。

从这本书开始，我就开始看关于福楼拜的故事。我与他一样，不相信灵感。对福楼拜来说，写作就是如此，写作是非常有纪律的事情。

　　福楼拜于1821年出生在法国，是医生的儿子。他父亲有一家医院，从小福楼拜就和他妹妹偷偷去看医院里的尸体，感受生命的无常。他成长过程中有一个癖好，就是喜欢成熟的女人。十三四岁时，福楼拜喜欢上一个二十四五岁的已婚女人；十五岁，跟家里的女佣发生关系。后来到二十四五岁的时候，福楼拜又喜欢一个三十六七岁的已婚女人，还给她写了很多情意绵绵的信。因为是鼎鼎大名的作家，所以后来市面上出版了很多关于他的传记。

　　福楼拜这样形容自己说：我的生命好像有两个我，一个是浪荡子，到处玩，到处去游荡，拈花惹草，另外一个我就是苦行僧。虽然在生活上抱着游戏人间的态度，但对于写作事业，福楼拜是非常刻苦认真的，百分之百地投入。

　　福楼拜这一段话让我想起中国的作家周作人，他说自己心里住着两个鬼，一个是绅士鬼，一个是流氓鬼。可是我觉得用"浪子"这个词好像比"流氓"更公正。周作人因此内心经常挣扎矛盾，让他有时候好像好人，有时候又有很阴暗的一面。

　　假如你从世俗的角度来看，福楼拜也是这样，生活不检点，还把不检点的经验、看法、感受写在他的各种小说里。当然，他真正关心的不是情欲，而是个人的精神，个人与命运的掌握和不可掌握之间的博弈。福楼拜的小说不仅情节架构巧妙，他的文笔也非常深刻。福楼拜很擅长描述，他影响过很多作家，开创了后来的自然主义。对于细节，比如一个人的形体、打扮，时代的氛围，整个城市的描述，福楼拜的写法都非常深刻细腻。他也通过这些描述与情节来讽刺、批判当时弥漫在英国、法国等地的维多利亚精神，批判那种虚伪的、所谓资产阶级的道德观。他觉得那是吃人的，用中国人的话来说，那是吃人的礼教。

关于福楼拜写作的故事有很多，其中有名的一段就是他的徒弟莫泊桑——也是非常重要的法国作家——向他请教怎么写作。福楼拜说：路边商店门口站着一匹马，你用一句话，来描述那匹马和它前前后后走过的其他50匹马有什么不一样。你看，如果能够用一句话形容出来，就表示你有写作的功力了。如何拥有这种功力呢？福楼拜说：你要去看、去观察，用心地观察，一再地观察，不放过每一个部分。他对莫泊桑说，你看商店门前出来的那匹马，还有走出来的商人、老板、门卫，他们的打扮、穿着、形体，你都尝试形容一下，不放过出现在你眼睛里的每一个影像。对福楼拜来说，他是用文字作为画笔，画出他所看见的世界，也引导读者去思考这个世界之所以成为这个世界的真实理由，当然也可能是虚伪的理由。他让大家去感受，人们在虚伪的道德观、虚伪的世界里，究竟能掌握多少真实的自我？而这个"我"又是什么呢？

福楼拜一辈子就这么努力地想要去找寻在大环境里面的自我，用他的文字来重现这个世界。

我一直说福楼拜不相信灵感，其实严格来说，应该是不只相信灵感。因为曾经有另一个年轻人请教他，问：老师，请问要成为一个伟大的作家，到底是先天的才华重要，还是后天的努力重要？福楼拜就和他说："年轻人，你看看走在前面路上的那辆马车，有几个轮子。"那个年轻人回答说："四个。"福楼拜接着问他："你告诉我有哪个轮子不重要？"所以，福楼拜想说的是先天和后天一样都很重要。可是，先天是我们控制不了的，后天却是可以操作的。不管你的才华是大是小,只要刻苦用功,都能把它圆满地落实好,所以我觉得这也是很好的学习角度。不要整天把事情对立起来,世界上99%的事情都是"你告诉我有哪个不重要"。遇到问题时,应该试试从这个角度来看待。

正因为福楼拜一定要通过很严谨的写作纪律,把自己的才华实践出来,所以他总是写得特别用心,也特别慢。像《包法利夫人》,他原稿写了1800页,到后来一句一句删改,最终只留下500页。他的手稿也很有意思,他常常是写了一行后,隔九行才写第二个句子,然后又隔九行再写。为什么呢?原来这九行是为以后修改前面句子专门留下的空间。他实在是太认真了。

我以前看过一本书也很有意思。假如有读者喜欢写作,想学习作家们如何在日常生活里成就自己的写作,那么这本书可以找来看,英文书名叫 *Daily Rituals*,中译本名为《创作者的一天世界》,作者是梅森·柯里。书中讲述的是伟大的心灵应该怎样找寻时间,找寻灵感去工作,其中就有福楼拜的故事。书里很清楚地整理、记录了他一天的写作生活,我们可以一窥究竟。

1851年9月,那时候福楼拜30岁,没有结婚,他回到了他母亲住的地方,与母亲还有工人一起住,然后开始写《包法利夫人》。之前,他在国外到处跑,在地中海地区旅行,收集材料,深入思考。注意,他不是找寻灵感,他是给自己思考的空间,阅读材料。这个时候的福楼拜已经因为大腹便便,看起来像个中年人,可是福楼拜自己觉得这样更好,省去了乱七八糟的关系,可以更专心地过规律的写作生活。

他坐下来动笔写了。一开始写的时候当然困难,他给情人路易斯的信里面提到："昨晚开始动笔写小说，我已经预见我现在要用的写作风格，很有挑战性，绝对不是容易的事情。可是我开始写的时候每次都心烦意躁，唯有当我写到第十五分钟之后，我就进入狂写快乐的阶段。"对福楼拜来说，写作就是生命最大的意义，最大的快乐。他十七八岁时，已经写过一本名叫《狂人回忆》的小说，听起来有些自我叙述的意味，后来《包法利夫人》也被认为有自传的成分在里面。福楼拜说过：写作者其实就像上帝，小说里不管情节还是人物，作家的身影总是无处不在，可是你又难以具体地指出上帝在哪里。他其实是在告诉大家不要那么无聊，总是对号入座，揣摩小说的某一部分就是作者的真实经历。可能故事中的所有人都是作者，你没办法说哪一句话、哪一个想法、哪一件事就完完全全等同于作者。而这往往也是让他非常快乐的地方，就像上帝一样，操纵全局。

他写《包法利夫人》时，每次刚下笔时总是很烦恼，写了15分钟就变得非常快乐。他每天生活是怎么样呢？书里面说，福楼拜每天早上10点醒来就拉一下铃——那时候都流行拉铃——工人就拿着信、报纸、一杯冷水，还有一个装满了烟丝的烟斗进来，让他享受。而他一拉铃就等于通知其他家人不用担心吵醒他了，不用再轻轻地走路，可以大声地说话。福楼拜看完信，喝完水，吞云吐雾了一阵子后，就敲下墙壁。这也是信号，他敲一下墙，他妈妈就进来陪他聊天。聊天过后，就起来梳洗。他会用非常烫的热水洗个热水澡，然后再吞一些据说可以防止秃头的药水。在11点前完成这些事情后，他就下楼同家人吃饭。他不喜欢吃太饱，通常是蛋、蔬菜、水果，还有冷的巧克力，很清淡。然后全家到户外散步，爬爬山，看看河，聊天，抽烟斗之类的。到了下午1点，他开始尽责地教子女功课，他主要教历史、地理等方面的知识。教完一两个小时之后，他就开始到圆桌前面的椅子上坐着阅读，同时构思他的小说。到了晚上7点，一家人吃完饭，又开始聊天，聊到晚上九十点，他妈妈要睡觉了，福楼拜这时候才开始工作，像苦行僧一般的生活就开始了。

他每天就是这样过的，从夜晚一直写到天亮。他也写信给他情人："有时候我不明白为什么我的手臂不会因为疲倦而掉下来，为什么我的脑袋不会爆开，我过的简直是苦行僧的生活，剥除了所有外在的娱乐，只是靠一种永恒的狂热来支撑。有时候太苦了，也让我流出无棱的眼泪。觉得整个脑袋要搜索任何一个句子，这对我简直是虐待。可是15分钟之后一切都变了，我的心就会因为写作而高兴得怦怦跳动。"这是福楼拜自己的描述。

他的《包法利夫人》写得很慢很慢，一个礼拜才写两页，但写得久了，也就慢慢累积起来。有时候到了周末有朋友来找他，他就会把自己写的一个段落读给朋友听。他也不固执己见，会听从朋友的意见来修改。这种单调的日常创作一直坚持了整整五年，直到1856年的6月，他终于把手稿交出去了。后来他说，工作是逃避人生的最佳方式。

我记得以前还看过一个故事，就是写《包法利夫人》写到最后的时候，那个朋友来找他，一进门看到他在哭，朋友问他哭什么，他回复说，因为包法利夫人死了。朋友说，你可以让她不死，你是作家，你让她生就生，死就死。福楼拜说不行，她不能不死，她是包法利夫人。这个故事让我印象深刻。小说人物有他自己的生命，作家的权力不是无限大的，落实到故事的主人公身上就必须尊重他当时的处境、他的想法，还有他的结局。

福楼拜这么天才都这么拼命，这么有纪律，那没有天分的人如我，怎么可以不拼命，不努力呢？所以年轻时看到的福楼拜的故事，这么多年来不断在我心中浮现，提醒着自己一定要努力。希望大家也都学习福楼拜，学习他的自律、努力。

阅读小彩蛋

分享福楼拜的几句名言。

"成功是结果,而不是目的。"有人说,你做那么多事情一定是为了赚钱,可是有些事情我们真的就喜欢做,即便不给我钱,我也会做,何况还有钱激励呢。这种时候,钱是结果,不是目的。

还有一句很耐人寻味的,他说:"每一个微笑背后都有一个厌倦的哈欠。"意思是说,快乐的事情背后其实都有它的哀伤,都有它的焦虑。还有一句说:"承受人生的方式就是把你自己沉溺于文学里面,等同无休止的纵欲。"这很奇怪,纵欲同文学之间的关系到底是什么呢?大家自己想想吧。

钱锺书：智慧又刻薄的大才子

钱锺书假如知道我在谈论他，一定会很不高兴的。一来他一定觉得，马家辉这个家伙哪儿有资格谈我？他可能连我的书都读不懂——不是可能，是确定大部分读不懂——所以他没资格来谈我。

二来他根本不喜欢"大师"这个名号。根据吴泰昌先生的书《我认识的钱锺书》里所说，钱锺书很不喜欢被称为"大师"，因为他觉得自己根本不是大师，自己就是一位老老实实，什么都不想管，只想着认真做学问、读书、写作的人，用中国的老话来说就是"读书种子"，所以他根本不认为谈论大师时应该谈到他。

可是话说回来，我为什么还要谈论钱锺书先生？因为一来，虽然我进不了他的学问之门，可是在读了一些钱先生的材料、著作，特别是散文、小说之后，发现并不是全部读不懂。每个人都是独立的个体，他的作品门槛高，但不代表钱先生是捉摸不透的。因此我有自己对钱先生的看法，有仰望他的角度，同时我也相信钱先生一定也会尊重我和其他人去谈论他的权利。二来，关于大师的名号，一个人动不动说自己是大师，我会觉得很可笑。可是，若是一个人坚持别人不可以叫自己大师，那也是有点傲慢了。因为怎样称呼一个人，也是我们作为单独个体该有的自由。从我的角度来看，他就是大师，令人望尘莫及的大师，只可仰望、不可复制的大师。我经常打一个比方说，钱锺书的头脑就像电脑的硬盘一样，可以储存无限多的内容，这让其他人怎么向他学习？当然，学不了过目不忘的本领，我们还是可以学他的精神，包括对学问的认真态度，做人的上进精神，还有识人的本领。此外，钱锺书先生对待他瞧得起的人，一向是既体贴又很关怀，不管这个人是他的太太、女儿，还是像吴泰昌先生一样的晚辈。当然，他的幽默、机智，有时候会带着些刻薄。他在讲话与写信时，经常毫不留情地调侃别人。他就调侃过我的偶像张爱玲"装模作样""标新立异"，好像他对上海女人的打扮与言行都看不顺眼。他不会很恶意地公开批评张爱玲，只是和朋友、学生这样讲，这也是钱先生作为单独个体的权利。

  我看过很多钱先生写给朋友的信，那些朋友多是作家、学问家，现在看来都称得上是前辈。信里的内容真的是很刻薄，因为是朋友之间的通信，所以文辞犀利毫无保留，常常骂尽天下人。我一位朋友手里有一些钱先生的信件——他父亲与钱先生是时常通信的老朋友——都不太敢发表了。他说，一发表，钱锺书真的会变成"毒舌钱锺书"，还会牵出文坛上不少公案，比如大家原来以为某位名人是怎么样的，但实际上可能恰恰相反，还有一些是名人之间背后互相说坏话等等，总之会引起很多是非。有学者研究钱锺书，也提到，钱锺书不管是公开发表的著作还是私下通信、聊天，有时候真的很刻薄。也就是说，有时候钱先生也不见得想的一定是说出来的意思，比方说他说马家辉是个大笨蛋，也不一定百分之百相信马家辉是个大笨蛋，他就是喜欢玩弄语句——当然，他不会用"大笨蛋"这么贫乏的语言来骂马家辉,他一定会创造出更准确、有趣的语言。他就是享受这种用毒舌语言来批评一个人的过程,不见得是他真的这么认为。所以,只能说钱先生学问太大,头脑太好了,他也压制不住自己心里涌出来的那种想象力。这就是很复杂,也是我们很尊重、敬仰的钱锺书。

钱先生于 1910 年出生,1998 年去世,88 岁的高寿。他是江苏无锡人,整个家族都是做学问的,父亲是古文学家钱基博,从小就过继给了伯父钱基成。他头脑非常好,19 岁就考上清华大学。大家都知道其中还有一段有趣的插曲,当时他数学只得了 15 分,假如事情发生在现在,他就进不了学校门了。可是当时大家都"识货",因为他的英文、中文都考得非常好,校长罗家伦破格录取了他。当时的文学院院长冯友兰也说,钱锺书不但英文好,中文也好,而且这么年轻对哲学就有特殊见地,真是天才。

不过后来有一桩公案,就是钱锺书在 20 世纪 70 年代后期改革开放后,带着中国一些学者去欧洲拜访交流,吃饭的时候好像公开地批评了冯友兰,指责冯友兰在"文革"时出卖朋友等等。后来钱锺书的这一番话被写进文章,公开发表了,冯友兰的女儿因此状告钱锺书诽谤。以钱锺书太太杨绛老师的性格,假如钱锺书没有说过这样的话,她一定会抗拒到底。但当时钱先生生病躺在医院,她可能怕这个事情闹开来影响钱锺书的病情,也可能是想着她先生或许真的说过,就默认了,反正最终这件事情就以出版社出面道歉、赔钱收场。我刚刚提到,钱锺书头脑快,吐槽锋利,其实也是说他很正直,假如他真心觉得朋友的道义不能背叛、出卖,那么他批评冯友兰也是可能的。

钱锺书的太太杨绛,我们都了解。杨绛先生写了一本《我们仨》,记录他们一家三口的生活,非常动人。当然书里也谈到悲剧,例如他们的女儿钱瑗去世的时候,钱先生已经在医院里病得很重了,大家一直不敢告诉他。后来征得医生同意,杨绛才同钱锺书说女儿不在了。杨绛提到,钱先生听到后,闭上眼睛轻轻地点头。可以想象,钱锺书当时肯定伤心欲绝。后来他的病情也恶化了。

《我们仨》故事开头当然是从杨绛与钱锺书的相知相识开始的。钱锺书被清华大学破格录取读书时,杨绛也在清华大学的研究院读书,两个人认识后很快开始交往。据说两个人第一次见面就很好玩,是互相表白的。因为都是名人,才子才女,所以当时关于他们俩有很多不同的流言传说,一说杨绛追求者众多,一说钱锺书早就订婚了。两个人见面的时候,其实心里都互相仰慕,一见面更是认定彼此了,所以他们互相表白的方式就是澄清谣言。先是钱锺书说,其实我没有订婚,是孤家寡人一个。然后杨绛也说,大家都说追我的人一堆,好像孔门七十二弟子一样,其实没有,我没有男朋友。两人于1932年认识交往,1935年结婚,之后钱大才子考取奖学金,去牛津念书。接着两个人在那边读书,生了女儿,读完后再去法国游学,一路都在求学问,并不在意学位这些名头。

钱锺书的学问自不必说,本身才情高,除了散文、小说外,学问也做得好。《谈艺录》《管锥编》《宋诗选注》,还有毛泽东的很多文章,在20世纪50年代都指定要他来翻译英文版。据说钱锺书有过目不忘的记忆能力,信息就好像扫描一样被扫进他的大脑。我也听一些与钱锺书有接触的前辈说过很多这样的故事,一位前辈就提到,有一次他要去牛津大学开会,钱锺书就请他到牛津大学图书馆几楼哪个书架，找一本什么样的书，大概在书的中间还是末尾部分，替自己找一段材料。这位前辈就去了那个图书馆，结果真的就在钱锺书说的那个楼层、书架、书页找到了他需要的材料。那一段文字是钱锺书20世纪30年代时在牛津的图书馆看过的，二十年过去，他都没有忘记。另一位北京大学的教授前辈曾说，他也是去了意大利哪座图书馆做学问，钱锺书就写信给他，请他到图书馆地库大概哪个书架、哪一本书的哪里，帮自己确认一段材料——也是几十年前钱锺书在那边看过。

这种记忆力还有另一个表现，就是对语言的熟练掌握。钱锺书掌握英文、拉丁文、法文、意大利文等多种语言，这些语言涉及的文化细节他也都记在脑中，而且形成了自己的观点。每一次开国际学术交流会的时候，这个中国男人一开口就能使用各国语言、文化典故，并大段大段地用原文读出来，令在场之人颇为震撼。据说以前有人做过这样一件事：他把钱锺书的几篇英文书信、文章匿名处理后，交给几位在英国的老牌教授看，请他们点评。大部分都说写得非常好，还有一些说一看就是20世纪二三十年代流行的英语用法。只有一个人回复说，这个人英语很好，可是不太地道，不是纯正的英国人写的英文。

一般不做学问的人，很难看得懂钱锺书的学术著作，可是至少都看得懂《围城》。这部精彩的小说，被多次改编成电视剧、电影。改编后的电视剧，钱锺书自己看了，也很喜欢，还说改编得很好。好在哪里呢？其中一点就是，不仅把男女主人公拍得好，还把其中一些小人物、配角拍得很好。钱锺书说，电视剧就像小说，只有男女主人公，那不够好看，层次不够丰富，其他配角也拍活了，整个故事才活了。《围城》妙语连珠，讽刺抗战时期中国的一些知识分子、文艺青年和上流社会的人，展现他们的一些荒唐、犬儒，当然，还有一些无奈。

至于为什么叫《围城》，我们都知道，书中有一个角色叫褚慎明，他追求苏小姐，跟她谈到婚姻时，这位盛明先生就说，有人"引一句英国古话，说结婚仿佛金漆的鸟笼，笼子外面的鸟想住进去，笼内的鸟想飞出来；所以结而离，离而结，没有了局。"苏小姐就说，"法国也有这么一句话。不过，不是说鸟笼，说是被围困的城堡，城外的人想冲进去，城里的人想逃出来。"这是《围城》的本意。当然整本书写"围城"的比喻，不仅是用来指婚姻，更是指生命中所有的事情。所谓"围城理论"，就是没有的人渴望拥有，而拥有的人却想逃离。

我觉得还有句话倒是被大家忽略了。大家只看到"围城"这个比喻，"外面想进去，里面想出来"。可是别忘了，慎明还说，"不管它鸟笼罢，围城罢，像我这种一切超脱的人是不怕围困的。""像我这种一切超脱的人是不怕围困的"——我觉得这句话被大众忽略了，很可惜，因为我觉得这句话就是钱锺书画龙点睛的话。围城理论当然比喻得很精彩，很生动，可是大家仔细想想也不难想出这个道理。重点就在于，每个人心里都有一位慎明先生，觉得自己是超脱的，围城是困不住自己的，自己能够驾驭一切，不管对于婚姻，还是对于生命中的一切事物。可是，结果呢？我们真的能够驾驭一切吗？真的能够不被困住吗？真的能够超脱吗？很明显不是的。不管我们是谁，被怎样不同的围城困住，悲剧不仅在于有围城，更在于自己觉得超脱了，自信于不会被围困，可结果还是陷在围城中，甚至根本还不觉知。我觉得这才是围城里这个比喻动人的地方。

我们说生命一般都是这样陷在围城中,当然有人就是例外。他们不是一般人,像钱锺书,像他太太杨绛。可是这个真的是要看运气,因为这两个人都拥有超高的智商、情商,还有才气,所以他们俩才能配合得很好。这也是为什么钱锺书把《围城》送给杨绛的时候说,**杨绛是我绝无仅有的三位一体的人**。"三位一体"指的是什么?是说杨绛既是妻子,也是情人,还是朋友。这一段话也很重要。钱锺书何其聪明,眼光独到,他一眼就看穿了,三位一体很难的,绝无仅有。钱锺书没有道德批判,他只是一语点破,这是他的原句:**"绝无仅有地结合了各不相容的三者。"** 这句话里的每一个字都是关键字,绝无仅有,各不相容,又结合在一起的三种身份——妻子、情人、朋友。

坦白讲,我们很难有钱锺书这份运气。就算有这种运气,我们能有这种本领承载起吗?很难。对杨绛来说也是如此,杨绛有这种意志力和能力,才能跟这样一位天才丈夫一起生活,并让钱先生有这种幸福的感觉。所以两个人的结合真的要在能力上互相匹敌,然后也要有运气,当然,还要加上我常说的"技术"。所以他们两个的结合,我们越是觉得敬佩,就越是表示我们心知肚明这种三位一体的结合是很难的。

杨绛同钱锺书浪漫了几十年,中间吵吵闹闹当然是难免的。杨绛在《我们仨》里面也写了,比如她和钱锺书在出国的轮船上就曾吵过一架,原因竟只为一个法文的读音。有文化的人,连吵架都不是为了钱,而是为了一个法文的读音,为了学问,为了真理。杨绛说钱锺书的口音带了乡音,钱锺书不服气,就讲了很多伤感情的话。

我们前文也提到，钱锺书很毒舌的。杨绛也不肯服输，尽力地用言语伤他，不留情。到最后，他们只能请同船一位能够说英语的法国人来做评判。结果那个法国人就说杨绛对，钱锺书错。杨绛回忆说，我虽然赢了，却觉得无趣，很不开心。两人在之后几十年的生活里，也经常会因为一些小事情吵架，脸红脖子粗，有时候甚至上升到人身攻击，好像不争出个你死我活就不罢休的。后来杨绛才慢慢领悟到，到了最后问题本身的对错好像也没有什么意义了，甚至连为什么吵都忘了，只留下一肚子的气和伤害，还浪费了时间、精力，自此她不再这样做了。

钱锺书是大学问家，他像很多专心做学问的人一样，学问中是巨人，生活中却像小孩一样，需要人照顾。杨绛说钱锺书经常同她撒娇，"我做坏事了。"他打翻了墨水瓶，弄脏了房东家的桌布，或是砸了台灯。杨绛情商高，她总是笑眯眯地说：不要紧的，我会修理的，我会把它弄好的。这让我觉得钱锺书可能应该在"三位一体"中多加一体，不仅是情人、妻子、朋友，杨绛先生还是管家，四位一体。杨绛先生于2016年去世，当时有人写文章回忆说，杨先生柴米油盐的事情处理得妥妥当当，让钱先生得以专心做学问。当然，钱先生本身对于他愿意做的事还是非常能干的。

我记得看杨绛先生写的文章，比如《干校六记》《将饮茶》等，里面就提到好多动人的故事。比方说，在那个特殊时期，大家互相批判，一般我们说"披着羊皮的狼"，她说"文革"时她看到很多人是"披着狼皮的羊"。因为整个时代气氛和环境，让很多人没办法不批判别人，这些人白天批判钱锺书，批判杨绛，可是晚上就偷偷地给他们送水，表示善意。

20世纪50年代,钱锺书有一些学术、行政工作要处理。钱锺书怎么处理呢?他常常隔几天才来办公室一次,手快脚快地花三四个钟头把事情全部处理好,然后剩下的时间就回家看书,做学问,写文章。我经常把这个小故事记在心里,它提醒我不要每天被一些琐事纠缠住,如果逃避不了,就留下来认真面对,只要专心,有效率,很快就可以将它们处理好,那其他时间就是自己的,我就可以做一个自由的人。

钱锺书先生的故事真的说不完,还有他与杨绛、女儿他们仨之间的故事说不完。强烈推荐大家去读他们的书,你不能不读的就是《我们仨》。

阅读小彩蛋

钱先生不管是在小说还是文章里，经常留下很多很调皮的金句，分享两句："假使你爱一个女人就一定也爱她的狗，她养的狗。假如你是真心交朋友，就应该忘记朋友的过错。"其实就是说，爱是需要选择，需要付出的，当然更重要的，还需要包容。

还有一句，大家也常引用："假如你吃个鸡蛋觉得味道不错，又何必认识那个下蛋的母鸡呢？"大意是说，我们看书，就好像吃鸡蛋，享受那枚鸡蛋本身就好了，没有必要去看那个生鸡蛋的母鸡长什么样子，所以我们不要整天去好奇书的作者长什么样子。真的是幽默的钱锺书。

最后我还要呼吁我的朋友赶紧将钱锺书的书信整理出来，毒舌就毒舌吧，骂人就骂人吧，让我们多看一看中国现代文坛大家之间的小故事，还有他们的真面目吧。

郁达夫：生怕情多累美人

这一篇我们谈一位民国时期的文人，他有非常高的代表性，至少是民国文人里的典型，究竟怎么个典型法呢？

第一，他在乱世里颠沛流离，四处逃亡，不仅在中国的不同城市之间流离转徙，还一度跑到南洋寻求出路。"南洋"不仅听起来很有异国情调的感觉，还对乱世中的中国文人格外偏爱。他们在南洋可以继续写作，参与报纸的编辑工作，做一些评论。他在大时代里到处奔走，拼命寻找乱世中一张平静的书桌，这就是民国"五四"时期文人的处境。

第二个典型是什么呢？是他的性格。我们总会觉得他很阴暗、很软弱，甚至还有点甜腻，不是猥琐的油腻，而是浪漫主义的甜腻。他心里整天就想着情、爱、欲望，黏黏的、甜甜的，好像有点不够硬汉，至少相较创作革命文学的作家而言是这样的，算是"五四"文人的一个典型。这可能和他的出生地有关系吧。他是浙江富阳人，是《风声》的作家麦家的老乡。我不是说富阳人都这样，可是江南的男人有一部分常是这样黏黏的，心里想着过小确幸的小日子。而要过小确幸的日子，他们就会觉得生命充满欲望，经常欲求不满，有时候甚至有点无病呻吟。

他还有第三个特征,就是蛮短命的。倒没人做过专业统计,只是我感觉那时候的民国文人都蛮短命的,往往四五十岁就没了,要么死于战乱,要么死于饥饿,要么因营养不良而身体孱弱,要么患有肺病。

在我心中,这一篇的大师占据民国倒霉文人排行榜的第一位,他就是郁达夫。以前有不少电影与电视剧都演绎过他的生平,因为实在是太曲折了。假如一个人很幸福,从小到大整天吃喝玩乐,做事一帆风顺,那就没什么好怕的。相反,一个人若是越倒霉,人们越是好奇,那他的故事性就越强。特别是故事中的爱情和婚姻关系,常常会被二次艺术加工,通过想象、撰写,变成戏剧。我喜欢对学生讲一个故事,套用在郁达夫或其他人身上也蛮适用的:两位人类学家跑到一个土著部落里探险,其中一个人被土著人用箭射中了心脏,倒了下去,然后他的同伴,另外一个人类学家就问:"怎么样,你痛不痛,疼不疼?"他躺在地上说:"只有当我笑的时候才疼才痛,人的生命充满了这种吊诡呀。"很有意思,一笑一快乐就痛,这是说痛和开心,悲跟喜永远纠缠在一起。

郁达夫也是,因为性格软弱,人生压抑,反而创作了不少动人的散文短篇,尤其是小说《沉沦》。假如他没有这么倒霉,可能就不会创作出这样的作品。虽然他属于浪漫主义先锋派,很多作品像日本人以第一人称所写的"私小说"一样,把个人的生平写进小说,并且作品中充满了对自己性情的压抑,不加掩饰地展现自己的欲求不满,在这方面对中国的文学发展是有一定探索与突破的。可是坦白说,它并没有太大的艺术成就保存下来,至少我个人是这样看的。

生命的曲折和故事性成就了他，让"郁达夫"三个字本身成为故事，成为传奇。听他的故事往往比看他的文章小说来得有趣。

郁达夫于1896年出生，1945年去世，死在南洋的印尼苏门答腊，那时他才49岁。他出生在一个普通的知识分子家庭，第一件倒霉事发生在小时候，3岁时父亲就不在了。但他是个小神童，自己很会读书。那时候是五四运动前期，学生群体中已经兴起了爱国主义，郁达夫看到中国军阀割据，各种学潮不断，他也正是血气方刚的时候，凭一腔爱国热情，就参与了学潮，结果因此被学校开除了。幸好他哥哥蛮成才的，不仅会读书还会做生意。1913年，郁达夫跟着哥哥去了日本留学，那时他17岁，先是读了高中，后来又进了东京帝国大学，读经济学，1922年毕业回到中国。

郁达夫回国以前就已经成名了。他留学日本时，常与才子才女们聚在一起，交了一些好朋友，像郭沫若、张资平等等。大家在一起喝酒，谈论文学艺术，组织创办了创造社。创造社我们都知道，它是中国新文艺浪潮里的一个山头，有着自己的刊物。

如果要问他们的共同主张，那就是浪漫主义。对他们来说，自由精神百花齐放，没有禁忌，用文艺的方式探索自己灵魂深处的种种阴暗。与这些朋友在一起时，郁达夫出版了一本短篇小说集，其中一篇代表作就是《沉沦》。这篇小说几乎是写他自己的，小说里记述了一个性格充满矛盾的中国留学生在日本留学的种种不快和欲求不满。郁达夫说《沉沦》描写的是一个病态的青年的心理状况，这是对青年忧郁症的解剖。小说里面带着现代人的苦闷，尤其是对于性的要求，以及灵肉冲突。当然在那个年代，不一定每个人都这样想，有些人就没有太大的内心冲突，他们一心一意搞革命，心里想的都是救亡图存的国家大事，根本无心儿女情长。

他是一个对爱情、对性很敏感的人，他把留学的生活状况，写成了两万字左右的纪传体小说，分成八个章节。在第二章他就谈到留学时受到的歧视，比方说，被喜欢的女人歧视，瞧不起他，说他是"支那人"，他想反驳却没有办法，因为当时整个中国都是一片黑暗，处处水深火热，因此他变得很压抑，没办法与人正常交往。故事后续写了主人公一些关于"性"的想象性描述，包括自己解决生理上的需求，一些容易产生罪恶感的行为，例如偷看旅馆主人的女儿洗澡，去草丛听男女幽会，寻找妓女释放自己。但是做这些事情的快乐都是一时的，他自己很内疚，从内心瞧不起自己，以致内外都很压抑，最后选择投河自尽。《沉沦》就是这样一个很忧郁的，有点像《少年维特之烦恼》的故事。

可是郁达夫本人没有跳河，更没有自杀，反而因为《沉沦》成名，获得才子称号。当时文艺青年都看《沉沦》，边看边脸红，像看小黄书一样，所以他还在日本时，就已经在国内享有名声了。1922年他回到中国，开始当老师。可是不管他在什么学校，教什么课程，都待不长。他在北京大学、武昌师范大学、中山大学都教过书，但基本没超过一年，甚至有的地方只教半个月就跑了。有时候是与别人相处不来，有时候是觉得干不下去了，想要去看看世界，再进行创作。郁达夫不断跟着其他文人到处跑，还在上海参与了左翼作家联盟的创立——这是一个很有影响力的团体，可惜也没有待很长时间。1935年后，他的人生稍微顺畅，在杭州住了一阵子后去了福建，担任《福建民报》的副刊主编，1938年又跑去了新加坡。

1938年，郁达夫在新加坡的《星洲日报》编文艺副刊，这是蛮有影响力的一本副刊。这个时候的郁达夫强硬起来了,他发挥知识分子的作用,主张抗日宣传抗战,组织南洋作家、中国大陆作家探讨抗战文学和相关的文化艺术。那几年他写了几百篇抗日的政治评论,这些文章后来都出了书,叫《郁达夫南洋随笔》《郁达夫抗战文录》。他作为一个知识分子、一个文学人,终于找到了自己的位置,应该蛮开心的。

后来太平洋战争爆发,日本人不仅侵略中国,整个南洋也被他们侵占,包括新加坡。郁达夫流亡去了印尼苏门答腊,在一个小地方做点小生意。因为他是当地唯一一个懂日文的,所以日本人就找他当翻译。郁达夫同意了,也没收钱,因为他不是为了钱去当一些人心中所谓的汉奸,而是利用翻译获得的信息来营救被困的华侨或者印尼人的。他是"身在曹营心在汉",做的还是好事。他一做几年,直到日本人投降,以为终于天亮了,可是就在此时,他突然神秘失踪了,没有人知道他在哪里,最后尸体也没找到。

后来根据日本学者和记者的调查与考据,学界普遍相信郁达夫是被日本人灭口的。因为他在新加坡公开主张抗日,还在给日本宪兵队当翻译期间营救华侨、印尼人,所以可能被宪兵队发现而杀害了。此外也有一个说法是,日本宪兵知道战败后,一定会被审判,郁达夫作为翻译知道太多宪兵队的罪行,所以杀人灭口。

有一位日本学者还专门做了调查,询问下令杀害郁达夫的日本宪兵,可惜并没有获得具体的证据。但郁达夫死于日本人之手一直是大家的共识,1952 年,中国人民政府追认郁达夫为革命烈士,属于抗日英雄,纪念他在抗日时做出的种种贡献。所以我们看到这样一位倒霉的文人,即使因为性格问题,几度辗转,颠沛流离,可最终他还是为祖国做出了自己的贡献，在抗日宣传中，在利用"无间道"身份获取情报时，间接或直接救下了一些人。被救的都是有血有肉的人，他们因为郁达夫而活下来了，这些都是他伟大的贡献。

郁达夫传奇经历中还包括他和王映霞的爱情故事。王映霞是他第二位太太，在此之前郁达夫还有一段父母操办的婚姻。王映霞是杭州第一美女，据说还参加过杭州小姐选美比赛，拿了冠军。她在和郁达夫交往之后生了小孩，成了他的第二任太太，但是他们后来还是离婚了。在结婚的第十一年，两人闹得很不愉快，也成了文坛的一个闹剧。当然他们离婚之后王映霞对此有她自己的说法，很多故事都避而不谈，或者干脆否认，但那是王映霞的故事了。

说回郁达夫，他的太太王映霞出轨后，他在报纸杂志上写长文章数落她，并公开书信日记。王映霞也不是省油的灯，她写了回信，在报纸上发表，对于红杏出墙之事有她自己的说法。文章中也把郁达夫写得蛮不堪的，说他私生活肮脏，不讲卫生，半个月不洗一次澡，甚至对妻儿粗暴，经常有一些奇奇怪怪的性想法，还有很多夫妻之间的私事，她都在不同的地方抖出来。当然清官难断家务事，谁是谁非有待历史学家去考据，我们不做评判。可是他们离婚之后并没有到此结束，有点荒唐的是，郁达夫好像又想复合，但是王映霞并不同意。

郁达夫去新加坡后有了红颜知己，交往了一个女生。去印尼苏门答腊后又与一位华侨之女结婚，他一生都有浪漫的爱情。他每次结婚都写下一堆诗和日记，读起来也蛮有意思的。他觉得爱情本身就是快乐、浪漫的，不管结局好不好，反正他就是要谈恋爱，只有活在爱情之中，他才是快乐的、美满的。所以这种文学里的浪漫主义，生活的颠沛流离，以及对爱情的执着，种种之和构造了一个复杂的郁达夫。他在抗战时期有强硬的一面，但在日常生活中，他也有软弱与苦闷，这种复杂的性格让他成为传奇。我相信以后每隔几年，一定会有人把郁达夫的故事再次搬上银幕。

阅读小彩蛋

其实，我十来岁时就被郁达夫的文人故事吸引，我还记得那时候追一个女朋友，喜欢写诗给她，可是我不会写诗，就偷用郁达夫的诗，这两句蛮动人的："曾因酒醉鞭名马，生怕情多累美人。"

篇章三

时代・沉浮

在这舞台的高峰停下来，才能永远站在舞台的高峰上

苏青：用行动反抗命运

有一部名叫《延禧攻略》的电视剧非常火，大家很喜欢看古代女人明争暗斗。这部电视剧里有一位女演员，叫苏青。你现在上网搜索，打"苏青"两个字，就会跳出来女演员苏青，需要搜好久才能看到，原来还有一位大名鼎鼎的作家也叫苏青。现在当然是这位演员苏青比较红，可是再过5年、100年，就很难说了，我相信，可能还是作家苏青比她红，比她更有知名度，并且在未来还会不断有人去研究她。做出这种判断，可能是因为我本身也写作，对于文学、对于文字留下来的力量、价值，看得比较重。

我们这一篇就讲作家苏青。稍稍喜欢文学的人，都知道张爱玲，知道了张爱玲以后，当然也会知道苏青。因为张爱玲讲过几句话，把苏青捧上了神坛。张爱玲说："古代的女作家之中，我最喜欢的是李清照，近代最喜欢的只有苏青。苏青以前，冰心就有些做作；丁玲初期的作品是好的，后来就略有点力不从心；只有苏青能够很踏实地把握住生活的情趣。苏青是第一个，她的特点，是伟大的单纯。"张爱玲很懂得玩这些字，"伟大的单纯"，有点像现在很流行的一句话，叫"一本正经地胡说八道"。张爱玲又说："如果必须把女作者特别分在一栏来评论的话,那么把我同冰心、白薇她们来比较,我实在不能引以为荣;只有和苏青相提并论,我是心甘情愿的。"有了张爱玲这句点评,苏青就名留文学史了。当然,本身她的创作,还有她个人的故事也在文学史上有特别的章节,现在已经有五六本专著在谈苏青,还不算单篇的学术论文、杂文。

苏青为什么值得研究 20 世纪 40 年代的上海的人,还有一直以来文学爱好者的特别关注呢?连王安忆几年前也写过文章,称苏青的出现惊为天人,并认为公众一直以来都忽略了她。其实苏青的作品非常值得看,她在中国现代文学史上,是很独特的声音,很独特的人。

苏青是谁呢?苏青于 1914 年出生在宁波,1982 年去世,终年 68 岁。她年轻的时候,与当时很多女人一样,选择了早结婚、早生小孩,在家里相夫教子,但是过得很不愉快。可是,她又和很多女人不一样,她做了改变——选择离婚,选择用文字来闯出自己的天空。当然,很多研究者说,也只有在 40 年代的上海,特别是在所谓孤岛时期的上海,作家才好像有了一种扭曲的自由。往日里,有些人、有些事是不能骂、不能谈的,可在当时,整个社会气氛就是,大家读书、写作,谁都管不着谁,而且也因为经济相对自由,造就了一个繁荣的写作市场,使得苏青可以通过编杂志、写文章来赚钱。据说她赚了不少,位列当时上海女作家收入排行榜的榜首。

十来岁时,苏青已经同家里认可的一个富二代男朋友李钦后谈恋爱了,然后很快结婚、生小孩。很不幸——在当时来说是不幸,现在当然无所谓,甚至有人觉得更好——生的都是女儿,生完一个又一个,到第三个,还是女儿。你可以想象,在当时那种社会氛围下,连续生三个女儿,而且丈夫还是富二代,她会受到多少白眼。生到第四个的时候,她才终于生了一个儿子。她丈夫与当时很多富二代一样,不务正业,做些生意,可是从来没成功,很快把财产败得七七八八了。李钦后自己虽读了一些书,勉强懂一些法律,可是没做成半件正事,反倒是嫖毒饮吹、打老婆、骂小孩之类的丑事每天都做,一件不少。所以,两人在一起生活总是吵吵闹闹。

在吵吵闹闹的过程中,苏青已经提出,其实我也有本领。苏青是大学生,她念的是当时所谓的中央大学,也就是后来南京大学的前身。虽然没有读完,但她的文学底子很好。她说自己可以出去写作,当编辑赚钱。可是李钦后不允许,他一方面说,既然苏青这么有本领,为什么不出去赚钱,整天伸手向他要钱;另一方面,又不许她抛头露脸,认为女人就应该在家带小孩。就这样,拖拖拉拉十年后,苏青终于选择了离婚。

她离婚后从事写作,发展自己的事业。后来,她把结婚十年的经验写成很有自传味道的小说,叫作《结婚十年》。里面当然把她丈夫写得很不堪,很暴力,像一个皇帝,而女人就是一个受害者,因为要依靠丈夫,所以只能忍受丈夫有外遇,然后受尽冷暴力、热暴力。书中除了讲故事,也探讨了当时女性的地位、女性的选择等问题。所以,《结婚十年》不是一部像电视剧一样的普通故事类小说,而是包含她当时的独立思考在里面。重点不仅是在说受苦,还在告诉当时有着同样命运的女性,她们可以如何选择。

苏青在从事文化工作的时候,也一样受到一些不公道的对待。可是,相对来说,女性的身份也为她带来了一些工作上的便利。

先说不公道的对待。离婚后,她要养小孩,还要养活自己,所以她对钱是精打细算的。谈稿费、追稿费,一笔一笔地算,她毫不心软,也不会觉得不好意思。她因此被贴上一些标签,比如"犹太女作家"——犹太人一贯很会省钱,很懂得做生意——这把她说得好像处处斤斤计较一般。她没有女性作家一贯的矜持与扭捏,为了更多的稿费,也会做一些更"出格"的事。比方说她觉得自己每次出书,发行商抽成35%的比例就太高了,她不服气,觉得为什么自己写得这么辛苦,还要被所谓流通渠道赚去35%。她不接受这样不公平的条例,就自己捧着一堆堆的书,跑到街头去卖。

我觉得这很勇敢,她需要钱,就认真创作作品,光明正大去卖她的好作品。可是,苏青卖书、追稿费等种种行为,被人们谈到的时候,总是被用负面标签来形容,就像刚才提到的"犹太女作家"。但其实,抛开个人,在当时的大环境下,又有哪个文人不斤斤计较稿费呢?而事实是,其他男性作家做这种事,就不会被这样评判,甚至还会被夸赞,说他们对家庭有担当,或是懂得做生意。比如鲁迅也追稿费、讨价还价,为什么大家就不会这样说鲁迅?男女作家的待遇可真是天差地别。

作为女性,其实也有一些便利之处。比方说,苏青后来办杂志《天地》,很多经费都是来自当时汪精卫政府一个叫陈公博的高层人物。陈公博当时在南京政府里工作,被大家称为"汉奸"。据说因为苏青与陈公博暧昧不清,有人就给她贴上了一个不好听的标签——"文妓"。苏青当时已经离婚了,是单身母亲,她爱上了谁,又与公众有什么关系呢?为什么她不能有自己对于爱情,甚至对于性爱的价值观呢?她本来对性就不像一般人那样保守。她的《结婚十年》也好,其他文章也好,在这方面都谈得很多。甚至,她还修改了一句古语里的标点符号——"饮食男女,人之大欲存焉"。她把逗号加在前面,改成——"饮食男,女人之大欲存焉"。她说欲望,尤其是性欲,那种火是会烧人的。可是我们所有人,包括她自己,就像灯蛾一样,不断地扑火。她在文章里,也露骨地描述性行为,有些写得比较文学,有些就很直接,很赤裸。

当时,这样做的男作家也不少,例如张竞生就写《性史》《第三种水》。苏青还没有露骨到那个地步,但当她讲到结婚,讲到离婚,讲到男女交往,自然就会谈到爱情,也会谈到性。就像她说,必须要有爱情打底、与爱情结合的性才是最满足、最快乐的。她从来没有避开过这个话题。

反而,我对于苏青不太满意的地方,在于另一方面。她好像具有女性独立的思想特质,离婚,出来工作,与男人抗争,要求女人的独立自由。可是,她对人的评论,很多的价值观其实还是很男人视角的。当然,这也是受时代所限,观念转变需要一步一步来,她也不可能突然变成一个百分之百的女性主义者。

那么,什么叫价值观像男性?比方说,对于女性的外貌,她经常以貌取人。我们要注意,以貌取人,特别是以貌取女人,是一种非常父权、非常男性的价值观,好像女人在外形上吃亏就不好了,这是一个很大的弊病。她这样说过冰心:**以前看冰心的诗和文章,觉得很美丽,后来看到她的照片,原来非常难看。**这就很毒辣。然后,苏青又说:"**我又想到冰心在作品里面经常卖弄她的女性美,我就没有兴趣再读她的文章了。**"很奇怪,她只纠结于女性作家的样貌,为什么不用同样的标准来评价男性作家呢?反而,她好像更懂得如何欣赏男人。她曾写文章称赞陈公博的鼻子,也正是因为这一篇文章,陈公博注意到她，后来通过陈公博的介绍，她也当官了。反正，她因为写男人，称赞男人的鼻子，文章中还包含部分性的隐喻，给她带来生活上的诸多便利。后来陈公博支持她来办杂志，甚至据说，也是在陈公博鼓励下她才离婚的。虽然苏青现实中不断尝试突破社会对女性的桎梏，但她评价女作家的时候，又以貌取女人。其实，她还是脱离不了父权的价值观。

她还以同样毒辣的方式评价过其他女作家。当时有个女作家叫潘柳黛，体态比较丰满，她就说潘柳黛："*你眉既不黛，腰又不柳，为何叫柳黛呢？*"苏青是宁波人，当时宁波、上海那边的很多女作家，写起文章、讲起话来都非常毒辣，现在人们叫"毒舌"。

她谈到母性时表示，女人还是要当母亲，要选择为孩子付出，诸如此类。后来有女学者研究苏青，认为她其实还是限于保守的女性主义观点。当然，这个是值得讨论的，另外一位年轻学者毛海莹就提到：不一定只是保守的女性主义观点，因为当苏青讲到要选择小孩的时候，是在某个语境下讲的，她是说，相对选择丈夫，不如选择小孩。她没有说我们一定要选择小孩，不当妈妈就不配当女人，她不至于这样说。所以，她到底是不是女性主义者？如果是，那又是什么样的女性主义者？女性主义的成分、含金量到底有多少？这都是很有趣的学术讨论话题。以她作为代表，探讨女性、女作家在当时如何利用自己的生活资源来维持体面的生活，女性应该如何创造出自己一片天空，求取属于自己的独立空间，或许这个空间不一定是百分之百的独立自由，可是，这已经是女性付出很大的勇气与努力，才拥有的一片空间。倒过来看，这也反映了当时女性的可悲命运。

她与张爱玲曾经交往很深，那时张爱玲写过《论苏青》的文章，对她是大加赞扬，胡兰成也很捧她。可是后来两人翻脸了，据说与胡兰成有一定关系。当然，也可能是因为两个人都太"毒舌"，两张嘴巴不饶人。不论原因是怎样的，反正后来两人就不相往来了。

1945年到1949年之间，苏青继续写文章，并没有因为当过南京政府的科员获罪。甚至在1949年以后还风光过一阵子，编了一部与《红楼梦》有关的戏曲，卖座得不得了，也小赚了一笔钱。可是到了60年代她就比较倒霉了，挨了批斗，坐了一年多的牢。不管对谁来说，不论在什么年代，被关在牢里一年多，都是很大的伤害。出来之后，苏青身体也变得不好，后来60多岁时，就因病去世了。

苏青同子女的关系也并不是很好，因为她给予孩子的陪伴太少，有时候为了生活，她就会把小孩送回给其他家人去带。毛海莹写的《苏青评传》里附录了一篇文章，里面有对苏青的妹妹进行的访问。书中谈到，苏青的妹妹笔名叫苏红，也是位作家。苏红表示自己的姐姐与她几个女儿的关系其实很不好，女儿们一向绝口不提她，也不见她。苏青与女儿们之间到底发生了什么事，却也无人知晓。

苏青是位人物。这个女人，在她的时代里，有她的魄力，当然，也有她的局限。我们看人不能只看局限，也要看到她的不易。在那个父权气氛浓重的时代里，她做出了很勇敢的选择。她本可以像其他女人一样继续忍耐、继续被她丈夫羞辱，可是她反抗了，她堂堂正正地靠自己的笔生活，谋生存，求独立。她是值得我们敬佩的作家苏青。

阅读小彩蛋

分享两句苏青的金句：

"饮食男，女人之大欲存焉。"

"欲望像火，人便是扑火的蛾。"

关露：女潜伏的悲歌

20世纪三四十年代，中国有"四大才女"——张爱玲、苏青、潘柳黛和关露，我们已经谈过苏青，了解了她婚姻的不幸与反叛，现在我们来说说关露。

关露我觉得真的是惨中之惨，一分钟就可以讲完她的生平。在她的悲惨一生中，有一些小故事，还有她如何一步一步走出这个比较困顿、悲哀的境遇，令人印象深刻。

关露于1907年出生，1982年服安眠药自杀，去世的时候75岁。关露不是她的真名，她本名姓胡，叫胡寿楣，也作胡楣。她有很多笔名，林荫、梦茵、兰、芳君等等，关露是其中最出名的一个。20世纪30年代，她曾在中央大学哲学系读书，之后因为小说、散文出名。1935年她加入中国共产党，是位忠党爱国的女作家。在"四大才女"里，她是最"红"的女作家，她的作品是最令人热血沸腾的。

其他三位才女的作品，大多是爱情、生活上的一些感悟，而关露的文章、诗歌都是对国家大事，或是大时代中个人和国家、民族前途之间应该如何选择的思考。她写了很多反抗日本人的诗歌、小说，在当时这些作品被称为"国防文学""国防诗歌"。1939年，关露受党中央所托，来到上海、南京的沦陷区做卧底，负责策反汪精卫政权里面的特工头目李士群。她在伪政府统治区发行的杂志《女声》编辑部担任杂志编辑，以靠近当时的权贵套取情报，并展开策反工作。

1945年，战争结束后，关露的名字出现在被追捕的汉奸名单上。因为是中国共产党地下党的卧底，所以她很快被安排离开上海，进入苏北解放区。

这一点来说，关露是幸运的，毕竟逃过了汉奸审判，可她还是因为各种谣言而身败名裂。主要因为大家不知道她是潜伏卧底，再加上1945年到1949年之间的局势，她的忠诚受到怀疑，因而被说得非常不堪。

1955年，因为潜伏的经历和以讹传讹的谣言，关露被卷入潘汉年集团的案件中，上海公安局将她关在北京的功德林监狱。她在监狱里被关了将近两年，到1957年3月才被放出来。

1967年，潘汉年、杨帆因反革命集团案被捕，关露也被关进秦城监狱。直到1975年，才因查无实据，被放出来。关露前后两次因潘汉年入狱，在这样一番经历之后，她的精神近乎失常了。她坐牢的时候，已经患上严重的精神病，经常一个人胡言乱语，没法照顾自己的生活。1982年，中央组织部做出平反的决定，撤销了1957年公安部对她的审判意见。这个时候，关露已经75岁了。8个月后，1982年12月5日，关露在家中服安眠药自杀。这就是她的坎坷悲惨的一生。

现在有一种流行的说法，认为人生可以分为生命的胜利族和生命的失败族，但关露的一生却很难定性。纵观她生命中的每一个部分,很难说是胜利还是失败的。她替党、替国家、替民族做了事,可是没有一分荣誉与赞美落在她身上,始终诸事不顺,像是有乌云盘在她的头顶。

关露的父母亲对她的影响很大。她母亲可以算是被卖给她父亲的。当时关露的舅舅赌钱输了4000两银子,还不上,就强行让自己妹妹嫁给关露的父亲了。关露父亲之前有一个小孩,后来又与关露母亲生了关露两姐妹。她的父亲脾气很坏,经常辱骂她们,甚至还有家暴行为。

在这样的家庭环境中,母亲对关露姐妹异常严厉。有一次关露读书稍有偷懒,母亲就惩罚她,还抓着她的妹妹一起,让两个人跪在地上,严厉地教育她们:不能独立生活而要依赖别人的人,是没有自由的,你们要记住,想要独立和自由,就要有知识。想要有知识,就要念书。

关露母亲对孩子这么严厉,并不是因为女儿们真的懒惰,而是因为自己整天被丈夫家暴,她不希望这种悲惨的命运再发生在两个女儿身上。关露后来回忆说:那次的场景让我毕生难忘,让我第一次感觉到人生的恐怖和危险。我虽然年纪很小,可是已经朦胧地知道要对自己的未来生活负责,要有责任感。在我后来的日子里面,母亲说过的话就像时钟钟摆一样,不断地摇,让我在负责任的道路上往前冲,往前走。

关露这种独立自由的女性意识是很强的,她曾经写过很受欢迎的小说,比方说《新旧时代》《黎明》,都是自传体性质很强的小说,里面的男性角色都是一些旧时代的男人,他们完全瞧不起女性。她在小说中讽刺那些在公共场合大力宣扬女人要独立、要争气的新思想，可自己在家里却对妻子、女儿，在公司对下属尤其女下属都非常有控制欲的男人。那些男人嘴巴上讲的是新一套，做的却还是老旧大男子主义的那一套。她的自传小说里，充满了对父权的批判，对女性独立的向往与主张。除此之外，小说中还包含了为国家、民族、社会的理想奉献等更高层面的志向。

关露非常年轻时就加入了共产党，后来又为争取伟大的理想而奋斗与实践。那时候她住在朋友的姐夫家，两姐妹跑出来，是那个年代所谓"娜拉出走"的一种典型代表。朋友的姐夫是当时的左翼知识分子，鼓励她接受不同的左翼思想，还支持她继续读书。后来，关露进入上海法政大学法律系，交往了很多左翼的文人。再之后，她考进中央大学读哲学，开始写作生涯。可是当时因为关露是学生运动的积极分子，学校总是刁难这些左翼学生，所以她在中央大学没读完就退学了。那时候她发表了很多小说、诗歌，1936年出版了一本名叫《太平洋上的歌声》的书，里面收录了她写的22首诗，都是国防诗歌，鼓励大家要联合起来共同对抗日本人，人民要争取人权自由等等。

她生命的另一个转折点就是进入汪伪政府做卧底。这件事无疑是伟大的，可是对她个人来说，却也是倒霉的经历。她做出了选择，也为此付出了惨重的代价。关于她答应做卧底有两个版本的说法。第一个版本是：1942年，她被组织派去香港，见到了华南地区情报工作的负责人潘汉年。潘汉年同她说，组织有任务交给她。原来，关露的妹夫曾经与汪伪政府的76号特工总部头目李士群有过共患难的经历，所以潘汉年计划派她去上海潜伏，试图策反李士群。并且潘汉年还提醒她：我要你去做汉奸，你不可以辩护，当所有人骂你是汉奸,你要是辩护了就更糟。关露忠党爱国,承诺永不辩护。

还有另外一个说法是,当时潘汉年提醒她:这个任务实在对不起你,你要有牺牲的准备,你所牺牲的事情就是你的名誉。一般来说,女人的名誉总会比性命更重要,所以,你可能要牺牲掉了。关露随即拍着胸口说,我服从组织的指挥,一定完成任务。然后她就跑去上海,打进了汪伪政府,也与李士群搭上了线,算是完成了任务。后来,潘汉年来到南京政府,还通过她与李士群见了一面。关露成功策反了李士群,并暗中协助新四军,使其在敌后根据地有所发展。她还利用编辑身份之便,将一些鼓励抗日的想法"偷渡"到杂志《女声》的文章里。为什么说是"偷渡"呢?因为《女声》是日本人集资办的杂志,她不能明目张胆。

1943年,关露又面对一个很大的挑战。当时,日本组织了很多亚洲日占区的作家、文人去东京开会,这场会议就是第二届大东亚文学者大会。很不幸,既是编辑,也是作家的关露,就被派去了。她去了日本东京后,还被指派演讲,真是倒霉透顶,她推却不了,只能讲一些空话。本来给她的指定题目是关于大东亚共荣的,可关露就说,我是作家,是妇女刊物的代表,只懂些文学并不懂政治,假如非要说些什么的话,我就谈一下妇女方面的问题。后来她把演讲的题目改为《中日妇女文化之交流》,算是勉强应对了过去。这时候她还写了一些文章,直说自己精神出了问题,为的就是保全自己,日后不被他人抓住话柄。当然,不排除她这时候已经受了很大压力,精神的确出了问题。后来她的精神状态越来越差,就将错就错,写了一篇叫《东京忆语》的长文章,并在回国之后发表。文章讲述了她此次去东京的见闻与其精神无法集中,常常胡思乱想病态的状态。

文章微言大义，由秦始皇、袁世凯等，联想到中国历史的悲惨等等。

结果后来我们也知道了，这些事让她变得非常悲惨。抗战胜利之后，她吓了一跳，自己是为国家、民族、党去潜伏的，结果却被列入国民党政府要追捕的汉奸名单。好在后来共产党安排她撤离上海，进入新四军所在的解放区。关露在解放区与大家一起学习，后来还和干部王炳南谈恋爱。这段恋情周恩来、邓颖超都不赞成，他们虽然知道关露是被党派去潜伏的，但不论怎么说她的名誉已经毁了。这就是所谓的"三人成虎"，大家都说她是文化汉奸，不论再怎么辩解，名声都已无法挽回。而王炳南身份特殊，他当过毛泽东的秘书，负责很重要的工作，如果那么重要的干部与文化女汉奸在一起，势必会影响中央的形象。王炳南从大局出发，在组织的劝说下，最后与关露断了情丝。

在一次又一次的打击下，关露渐渐精神崩溃，只能靠写作缓解情绪。于是这段时间她大量写作，创作了诗和小说，并找老朋友表示自己想在《新华日报》上刊登。老朋友请示了《新华日报》总主编范长江，范长江研究一番，觉得不方便刊登，因为她在沦陷区上海做过所谓的"汉奸"。读者都知道关露干过什么事，会有人以她作为口舌来攻击报纸。虽然现在我们都知道她是清白的，她是为国家、为民族、为党做出重大牺牲的，但在当时关露的牺牲却是不被广泛了解的。范长江也表扬关露是个好同志，牺牲自己为党做了很多工作，可是为了报纸，他也只能拒绝关露的登报请求。此时，《新华日报》的编辑还指出关露精神已经不太正常，大家对她最好能避则避。

关露被《新华日报》拒绝后越来越控制不了自己的情绪，开始疯狂写文章，到处投递。大多数情况编辑都会直接拒绝登刊，偶尔编辑同意刊登其中一部分，却还要求关露用别的笔名，或是用回本名胡楣，反正只要不是大家熟知的"关露"就行。关露很生气，哭着用英文骂这个编辑，说你根本不是一个诗人。意思是说他不懂诗，只是个冷血的新闻从业者。后来关露三天两头跑去编辑室，指着编辑，大骂特骂。

她在牢里有一个很出名的故事：说她在秦城监狱捡到一根铁钉，就在监牢里每天打磨这颗铁钉，几乎磨成一根针，叫"关露的铁钉"。磨针一方面是为了分散自己的注意力，另一方面也是象征着她强大的意志。她用这种行为告诉自己，一定要熬出来。她的确熬出来了，出狱后她被送到养老院，后来回到农村里的小房子居住。

1980年关露脑卒中，虽然被救了回来，但记忆力大幅衰退，手也不受控制，写不了东西了。她后来一直住在北京机关宿舍的一间10平方米的小房子里。1982年3月23日，她在这间小屋子里终于等到她平反的文件。8个多月后，她在家里服安眠药自杀了。

关露，是一位很勇敢、很值得我们敬佩的女作家，她是真正新时代的女性。当潘汉年告诉她，她将身败名裂，却不能辩护，她要为了国家、为了民族、为了党牺牲时，我总是在想，关露难道没有半分的挣扎吗？或者说在她垂垂老矣，受尽苦难时，脑海中会不会像看电影一样，隔着时空对着当时站在潘汉年面前的自己喊：不要答应，否则你未来的生活会很惨，这种崇高的事留给别人做吧，别人不一定会得精神病，但是你一定是受不了的，你会发疯的。如果可能的话，关露是不是会穿越回到1942年的时空，把当时的自己拉住，不再去潜伏呢？可是人生没有如果，历史不会重来，在历史的那一瞬，关露选择了点头，选择拍着胸脯说：服从组织安排。

这就是关露的故事。我们要向关露学习什么呢？学习她伟大的爱国情怀，愿意牺牲的精神，还有"明知山有虎，偏向虎山行"的勇气。她让历史明白，伟大的事情不是只有男人能做，女人也可以，历史也应该给她们一个公平的定位。

阅读小彩蛋

分享关露在《太平洋上的歌声》里的一首国防诗歌——《故乡,我不能让你沦亡》,以下是这首诗的节选:

我梦见你,

梦见你的如今,

也梦见你以往。

看吧,那失去的邻地,

在敌人旗帜的飘展下边,

有多少我们同胞,

流离,饥饿,奴隶,死伤;

在敌人的走马灰尘里

已象征了祖国的垂亡!

……故乡,忆起你,

掀起我祖国的惆怅。

故乡,我不能让你沦亡!

我们应该好好地、认真地纪念关露。

潘柳黛：爱才不如爱财

○ ─────────────────────────

提到四大才女，排行榜首的当然是张爱玲，第二是苏青，第三是关露，第四就是潘柳黛。在四大才女里，潘柳黛是命最好的。要说所谓"四大才女"，是 20 世纪 40 年代上海那些小报编出来的。当时文化圈很八卦，就像现在的娱乐圈一样，因为这四位才女很有影响力，经常有人贯以名号，后来为了方便称呼，大家就编了这个名号，封给她们。

四大才女里，张爱玲我们比较了解。苏青、关露前面也谈过，命运多舛。相对这三位才女，潘柳黛算是最顺利的。她在内地红极一时，20 世纪 50 年代时又在香港大红大紫。60 多岁时她移民澳大利亚并长期居住，一直到 80 多岁才去世。

说到潘柳黛来香港，其实与我颇有渊源。首先，她曾经和我在同一家报纸，也就是大名鼎鼎的《东方日报》写专栏。她比我早，70 年代中期开始写，而我是 80 年代才写。曾经有一段时间，每天副刊版面既有潘柳黛的文章，也有我马家辉的文章。这么看我们既算是同行，也算是同事。其次，潘柳黛还是我的爱情观的启蒙老师，我现在主持一些网络节目，经常有人问我爱情的问题，例如爱情的烦恼怎么解决，我一般是心情好的时候才回答，心情不好就不理了。潘柳黛当时对我的启蒙也是这样。那时没有网络，她的专栏就是用信箱收邮件，然后回答读者来信，笔名为南宫夫人。我父亲那时是《东方日报》的编辑，他告诉我说，当时每天寄来向她咨询爱情问题的信有一两百封。他们回复不了那么多信件，就随便抽几封交给南宫夫人，请她来回答。我看她专栏的时候，还年轻，才十来岁，也算是开了我的眼界。潘柳黛头脑很开放，有新女性主义的自由。我还记得，当时有一位女人来信问她说：我已经结婚了，可是外面有男人追我，我心头小鹿乱撞，心猿意马，该怎么办？南宫夫人不是一味劝她，让她乖乖留在家里，而是这么回答的，说：虽然你有老公，但问题是，你有没有爱情呢？假如你觉得你与老公之间的爱情不是那么浓，甚至已经没有了，剩下的只是责任，那就要先解决这个责任，去开解它，这是技术问题，你们可以离婚，也可以好好谈。但最重要的是，这个时候你要去确定，外面追你的人，你是不是真的喜欢，你们两人是不是真的适合。她还打了比喻说，这和工作跳槽是一样的，你从A公司跳槽去B公司，你总得先确定B公司更好、更适合你，你更喜欢才行。不然，好死不如歹活着，就留在A公司吧。她这种很开放，强调自由选择的态度，影响了我的三观。

南宫夫人信箱，其实来自以前三四十年代，潘柳黛在内地当记者、当编辑、当作家时写的专栏。当时，她在报纸也开设了这种信箱专栏，专门给人提意见，帮人解决烦恼，大都是两性话题，包括爱情烦恼、婚姻烦恼、性烦恼等等。后来50年代她到香港，写文章，也继续开南宫夫人信箱。她写几个专栏，薪水比上班还多。

潘柳黛于1920年出生，2001年在澳大利亚去世，出生在当时的北平，有满族血统，14岁跑去上海读书。中学完成后，又进入河北女子师范学院学习。她20岁出来工作，先是在南京的《京报》任职，后来也偶尔去上海，两地来回跑，在不同的报纸当记者、编辑。她写作内容很广泛，专栏、影评、文学评论，什么都写。她的文笔很跳脱，很清新，没有太多文字包袱，即使放到现在看也很舒服。我看过好多内地作家的专栏，文字好像吃了猪油一样，很重，显得纠缠不清。反而，40年代的女作家，苏青也好，潘柳黛也好，她们写得都很活泼有趣，也很辛辣。她写的影评很出名，很多明星愿意接受她的访问。一般明星接受访问有两个很重要的考虑：一是这个媒体可不可靠，假如是八卦报，自然不会接受，因为这样的报纸一定会断章取义，或者是标题党，抹黑自己。所以一般只有可靠、有公信力的媒体，明星才会接受访问。第二个考量是，来访者是谁，是不是好人，又能不能信任。潘柳黛，光是那个长相，圆圆胖胖的，笑眯眯的，就让人家很信任。所以，我完全可以理解当时的明星为什么愿意接受她的访问，并且信任她。而她也的确写得好，写得很活泼，角度新颖，也不会随意抹黑、攻击。很多明星其实文化水平并不高，不善言辞，很多想表达的心情、感觉、情绪讲不出来，潘柳黛都替他们写出来了。

潘柳黛也写小说，比如《退职夫人自传》，与苏青的《结婚十年》差不多，有很多的自传成分。她嫁了两次，先是嫁给一位穷教授，但很快就离婚了，因为她发现，丈夫居然与自己家族的亲人存在不伦的关系。虽然她当时怀着孕，但还是毅然选择了离婚。后来她又嫁给另一个比较有钱的人，也相守了一段时间，可是丈夫较早地去世了。对她来说，这是很大的一个打击。

潘柳黛写文章、影评、小说，也写报纸信箱专栏，提供很灵活的解答。比方说，有男读者写信问她：我女朋友家里比较有钱，怎么办？我担心我和她结婚，会被她娘家瞧不起，而且她娘家也提出过让我入赘，我自尊心很受打击。潘柳黛就告诉他：不要那么封建保守，男女相爱的话，没有说谁比谁有钱就更高一等。你爱的是对方，对方爱的也是你，你别管她家里人如何说。假如你有男人的自尊心，那你就更应该坚强一点，不去管它。搬去她家住，又有什么关系，现在都是男女平等。坦白说，所谓贫贱夫妻百事哀，你搬去她家住，物质上有比较稳健的保障，大家生活也好，免掉很多争吵和烦恼。最重要的是爱不爱，其他方面，还是那句话，都是技术问题。

她这种现实主义的思维方法其实蛮好的，我年纪越大越明白，世界上百分之八九十的事情都是自寻烦恼，与自己过不去。自己想象出来的一些所谓的尊严、自尊心，把自己绑住，让自己受害。其实，我们在善良、爱的基础上，转个弯去看那些烦恼，很快就能解决了，其他的不能解决的大多是技术问题。

潘柳黛写这种信箱专栏很受欢迎，使她成为在上海、南京，甚至整个中国，一位很出名的女作家，被列入四大才女中。她与同为四大才女的张爱玲、苏青是好朋友。但是她们后来也闹翻了，因为什么呢？很简单，嘴毒。我前文提到，苏青嘲讽潘柳黛:你眉既不黛，腰又不柳，为何叫柳黛呢？听到这话，潘柳黛一定气死了，遂而两人绝交。可是很公道的是，潘柳黛嘴上也不饶人，她曾把张爱玲气得半死。本来三个人关系很好，经常一起吃饭、看电影、喝咖啡。在三人还没交恶、闹矛盾的时候，潘柳黛还写过一些文章谈论张爱玲的事，说张很会穿衣服，很敢穿衣服，对时尚颇有见解。有一次她与苏青去张爱玲家，看到张爱玲穿着一件黄色的衣服坐在家里，很新潮，很好看。她们问张爱玲：怎么，你约了人吗？怎么穿这么好？张爱玲回答说：我约了朋友，在等他们。潘柳黛问：那朋友呢？张爱玲说：已经来了，就是你们。原来张爱玲是洋人作风，只要有朋友到家里，自己就要盛装迎接，不能随随便便、邋邋遢遢的。不仅自己穿衣颇为讲究，张爱玲还经常给潘柳黛一些穿衣打扮的建议。

其实我在想，后来两人交恶，其中一个理由可能是这样：潘柳黛真的没有自卑感吗？很难，她一定有些自卑，毕竟她自己肥肥胖胖的，而张爱玲高高瘦瘦，又懂得打扮。更主要的是，张爱玲自己懂时尚就算了，偏偏还要给她穿衣打扮的建议，这更是直接戳在了潘柳黛的痛点上。另外，据说两人交恶还有一个吃醋的缘由。当时胡兰成是万人迷，写了篇文章叫《论张爱玲》，文章里高高地捧张爱玲。潘柳黛看不过去，就写了一篇文章《论胡兰成论张爱玲》。文章里说什么呢？众所周知，张爱玲家有所谓的贵族血统，于是潘柳黛这样描述，她说："她是李鸿章的外孙孙女——其实这点关系就好像太平洋里淹死一只鸡，上海人吃黄浦江的自来水，便自说自话说是'喝鸡汤'的距离一样。"这话言下之意就是说，这亲戚关系八竿子打不着，没什么好骄傲的。潘柳黛还说："开口贵族，闭口贵族，搞不好以后上海的餐馆都会出现贵族豆腐、贵族排骨面等等。"这也够毒了。后来，鸳鸯蝴蝶派的作家程蝶衣，刚好在上海开了一家点心店，卖什么呢？贵族排骨面。顺着潘柳黛这篇文章，大家就取笑张爱玲的贵族噱头。

张爱玲对此非常在意，后来过了十多年，到了20世纪50年代，她们两人同时出现在香港，但是没有碰到面。有人告诉张爱玲，潘柳黛也在香港。张爱玲如何反应呢？她说："谁是潘柳黛？我不认识她。"这一来一回也是够狠，够绝。

当时有个说法，说潘柳黛曾经去拜访张爱玲，但张爱玲不开门，声称自己不舒服，不见客。这让潘很生气，后来一直到1975年，写到张爱玲时，还会继续调侃她，说张爱玲有一个怪癖——的的确确是用"怪癖"两个字——她喜欢吃臭豆腐干，每天黄昏的时候，听到弄堂里有人喊卖臭豆腐，就马上涂口红，换旗袍，抹胭脂，走下去买。可有时候来不及了，人家走了，她只能追两条街，嘴里喊着："哎，臭豆腐，臭豆腐"。然后买了几块，一边吃一边闻，那样子真使人难受。总之就是越写越毒。潘柳黛还总是提贵族调侃张爱玲，她说：你说你是李鸿章的后人是吗？那李鸿章进过清廷，对太后老佛爷跪拜过，口称道"奴才李鸿章见驾"，张爱玲血液里是不是难免也沾上那一点贵族的仙气儿呢？意思就是，张爱玲也是喊奴才的命。

不管谁挖苦谁，到头来也只是一场热闹。在我们看来，最重要的是最后谁在文学史留得下来，留得远，留得有分量。假如用这个标准来评判的话，潘柳黛当然与张爱玲完全不属于一个级别，档次差了十万八千里。虽然潘柳黛有她的热闹，可是文学上的重量完全不能与张爱玲相提并论。当然，透过一些小说、小文章，潘柳黛的行事立身也展现了她的勇气。像当时很多影评，大家都捧场只说好话的，她还是敢言，敢于指出问题，别人拿她也没办法。在年纪大一些的时候，潘柳黛看到远在加拿大的一些华人受到不公正的法律对待，她甚至还会伸出援手，立刻看材料、做访问、写文章、发报道，替他们的家人写状词、打官司。她有她侠气、仗义的地方，这也是潘柳黛值得被我们尊重之处。

20世纪50年代之后,她来到香港,开设专栏,当编剧。大家记得由刘青云、袁咏仪主演的电影《不了情》吗?最早版本的编剧就是潘柳黛,并且连那首《忘不了》的歌词,都是潘柳黛写的。她编了很多剧,精明如邵逸夫,知道谁是人才,就把她招进去编剧。她在南国电影、环球电影也工作过,有时候当主编,有时候当编辑,都有影响力。她还访问过李小龙,很早就看出李小龙有大红特红的潜质,并留有她与李小龙的合影。她是当时娱乐文化界、娱乐新闻界的大姐大。之后潘柳黛年纪大了,68岁移民澳大利亚。移民澳大利亚后,患上了糖尿病,也就不再工作,享了十多年的清福,到80多岁去世。所以,潘柳黛一生走下来,也算是很热闹。

我觉得她对自我的要求,不一定是当青史留名的小说家,不像张爱玲。她就是喜欢写些小文章、影评,喜欢与文化名人、影视明星、导演来往,她始终在追求她心中的梦。以她自己的标准来说,她的确达成了她的梦。所以,不管你在什么年代,是男是女,如果有了梦想,就一定要敢去追。就像我常说的,不是必须拥有贝多芬、莫扎特音乐才华的人才能玩音乐,只要喜欢音乐那就去玩,不用自卑,不要妄自菲薄。梦想不是只能幻想,大胆去追吧。

阅读小彩蛋

潘柳黛有一段时间写了一些超短的专栏，常有些金句。

比方说，她说：男人没有钱的时候就会想，我希望天下的钞票都来归我所有；可是当男人有了钱之后，他们又会想，我希望天下的美女都来归我所有。

还有，她说：嫁给一个有钱的男人，可以花他的钱；可嫁给一个有学问的男人，反而觉得自己很愚蠢。所以，与其爱才，何如爱财。

然后，她又说：有人将男人分为三等，上等人怕老婆，中等人爱老婆，下等人打老婆。下等人为什么打老婆呢？是因为他不敢与别人打，只好回家拿老婆出气，这种人下流、下等、下贱。千万千万不要打老婆，女人也千万千万不要打老公。这是潘柳黛跟马家辉给你的提醒。

白光：一代奇女子

白光，大名鼎鼎的白光。一个女明星、女演员，也是歌唱家。白光年轻的时候非常漂亮，那种漂亮可以用一个字来形容，就是"艳"。或者不用"艳"的话，我们可以用"媚"。她的媚态很重，在 20 世纪三四十年代，她的妆容，两道妖眉往天冲，眼睫毛往前戳，好像戳到你的心坎里一样，还有红色的、厚长的嘴唇，像钩子一样钩住你的心。她于 1950 年演过一部电影《一代妖姬》，加上本身就非常漂亮，也因此被大家称作"一代妖姬"。

白光在时代里也展现了她的勇气和付出。她一辈子桃花运很旺，过了中年后，也落实了她的愿望，过上了一种相对平静的生活，活到 78 岁，1999 年在马来西亚去世。

白光一听就是艺名，她本姓史，全名史永芬。1921 年，她出生在北京，有旗人的血统，家里有八个兄弟姐妹，生活很普通，不很穷也不算富有。她从小就长得很漂亮，也爱漂亮。她眼睛总是水汪汪的，从小时候起，别人一看到她的眼神，三秒钟就好像被钩住一样，她对此非常自豪。白光小时候就爱美，才几岁的时候就拿妈妈的高跟鞋穿，在家里走路。其实小孩偷穿大人的鞋很平常，可是她妈妈看出她那种媚态、艳态，甚至妖态，很不高兴，打她、骂她，甚至把她身上的衣服剪破，骂她很多不好听的话，还说她以后桃花劫一定很重。后来她的好几段情缘，真的被她妈妈说中了。

可是不管妈妈怎么骂，白光就是喜欢表演。你说这是基因也好，还是因为家庭培养让她有这种兴趣也好，反正她就是有很强的表演欲，就是要表演，要别人给她掌声，看她，肯定她。所以她读中学的时候就参加了不同的剧团，唱歌、跳舞，各种才艺都不错。16岁时，白光跟一个比她大十多岁的来自台湾的教授江文订婚了，相当于是师生恋。严格来说，江文是音乐教授，但不算她的教授。两人在音乐会上认识，之后订婚并同居了。但她很快发现了两件事：首先，这个大名鼎鼎的音乐大师江文，除了她，还和跟他学钢琴的女学生鬼混；更致命的是，这个江教授在日本已经有老婆、孩子了。白光知道后，和他吵翻了天，并解除了婚约。换作其他人，可能处理起来会拖拖拉拉，反正他老婆在日本，而且听说江也要跟老婆离婚。但白光不是，她敢爱敢恨，马上决定不嫁了。解除婚约之后，可能也从江教授那边拿了点钱，同时也获得了奖学金，她就去日本学艺，学唱歌、跳舞。这算是白光的第一段姻缘。

在日本学艺期间，白光又遇到一段姻缘。她认识了一个姓焦的富二代，并确立了关系。可是这个富二代的父母反对，因此不给他儿子钱。白光当时非常坚决，觉得没有关系，我会唱歌，我去表演，赚钱回来养这个富二代。

后来，富二代的妈妈好歹接受了，把他们从日本送回了北平（此时北京已改名北平）。可是富二代很没用，每天睡到下午起床，平常就是抽鸦片、唱戏、打麻将、喝酒，总之是不务正业，甚至有时候还打老婆，和其他女人暧昧不清。那时候，他们已经有了一个女儿。后来白光还发现，这个富二代是个很严重的"妈宝"，整天跟妈妈在一起，甚至还跟家里的佣人有不伦关系。你能想出来的所有乱七八糟的事，这个老公都做了。白光怎么能受得了，大吵一场后，收起包袱离开了老公，离开了女儿。第二段姻缘也以离婚告终。

离婚之后，白光继续唱歌。那时候抗日战争开始了，日本人来到中国，她就从北平又去了上海，继续她的演艺生涯。演艺期间，难免要跟日本人周旋，当然，也有其他的男女事情发生。当时她跟一个王二爷在一起，这个王二爷是川岛芳子的情人，总之关系很乱。王二爷介绍白光去演电影，让她成名，史永芬也因此变成了白光。为什么用"白光"做艺名，她自己有个很潇洒的解释：在我看来，演戏、拍电影是做什么呢？电影说起来不过是一道白光打在大荧幕上，所以我就叫自己"白光"吧。

她拍电影后，红起来了，也跟不同的日本男人拉拉扯扯，还跟当时国民政府的高官戴笠在一起过。因为当时在沦陷区的人，许多都是两面勾结，一方面跟日本人勾结，另外一方面跟当时在重庆的国民政府，特别是情报单位的人勾结。这期间也出过很多事，白光被指控勾结、贪污、不当炒卖黄金等等，还被软禁过，几乎坐牢。

听说在抗日战争后期，日本人快被打败的时候，白光跑去了日本，传说她还收了一些日本机构的钱，不过这些都只是传说而已。1945年，抗日战争胜利后，她没有坐牢，而是回到上海继续演戏，也到北平、香港各地跑。

她靠演戏成名，比较有名的有1943年在上海演的《桃李争春》，还有《一代妖姬》《人尽可夫》《荡妇心》等，听起来好像情色片，但其实大多是谈爱情的，剧情大同小异，都是讲大时代里女人因为生活贫困被迫沦落风尘，或是用不正经的手段来争取独立自由等等。她还有一首通过电影盛极一时的歌，那就是电影《人尽可夫》里的《如果没有你》，这首歌到今天还是非常红，大家都耳熟能详。

她这个时候又有另外一段恋爱。她当时拍戏，在上海、香港两个城市来回奔走。1947年，她跟一个美国军官飞行员艾瑞克相识并恋爱。艾瑞克因为手上、身上很多银白色的毛发，看起来就像白猴一样，被大家称为"白毛"。两人谈了三四年，1951年的一天，不晓得白毛从哪里弄来一架飞机，飞机上面只载了一个乘客，就是白光。白光嫁给了白毛，两人飞去东京，因为白毛有个犹太裔的养父在东京生活。一代妖姬嫁给了洋人，在当时引起了轰动。当然，也遭受到了社会上的一些指指点点，可是白光从来不管，还是嫁了过去。这段姻缘听起来非常美满，可是不管她在不在意别人的指指点点，生活总是挫败连连。

1951年白光嫁到东京之后，和丈夫总是吵吵闹闹。吵吵闹闹什么呢？原来白毛也是不务正业，两年就花光了白光的钱。更重要的是，据白光说（可能也是一面之词），白毛跟自己的养父关系暧昧。白光感慨：哎呀，我的命真苦啊！前面有一个老公是妈宝，整天离不开妈，被妈妈控制，妈妈还挑拨我们的感情。后来嫁给美国人，他竟然跟养父有暧昧关系，我的婚姻居然沦落到被老公的父亲来破坏。我这辈子怎么搞的，怎么我的关系这么乱。没办法，就认吧。认完了，受不了了，就离婚。

后来在朋友的支持下，白光在日本的银座开了家夜总会，在夜总会里唱歌跳舞，当女老板。据说这时候，白光的经济情况不好，说是夜总会的老板，但其实有点像"妈妈桑"的角色。后来白光遇到了深刻影响她的一个人——林冲。林冲是台湾的男歌星，在当时算她徒弟，后来算是她的经纪人。林冲年轻时候很帅，现在80多岁了，还在唱歌表演。我记得林冲，六七十年代初期，他留着长头发，化妆，穿白色的紧身衣、紧身裤，戴红围巾，扭着屁股，摇来摇去，有点像猫王。来香港演出的时候，我妈妈、阿姨都会去看，我在旁边看着她们的眼光，就好像现在年轻女生们看到彭于晏、黄晓明等心仪偶像时的眼神。

　　据林冲后来回忆说，1953年后，在日本的白光，经济很不好，生病的时候，林冲陪她看医生，她连很少的医药费都拿不出来，手头非常紧。后来开了夜总会，自己要登台唱歌，林冲还介绍她去马来西亚。这样说起来，在开夜总会的十年后，介绍她去马来西亚登台，好歹也是因为曾经有"一代妖姬"的名号。

　　她在登台以前，50年代时还去了香港，参演了一些电影，那时候的她30多岁。在演艺圈里，一代一代年轻女孩前赴后继，30多岁的白光倒是还能演，演过仙牡丹、接财神等等，只是不再那么受欢迎了。

　　到1959年，白光就没再演戏了。到了60年代，她就跟着林冲去马来西亚登台赚钱。在马来西亚发展的时候，白光遇到她生命里最后一段很好的缘分，一个比她小26岁的年轻男人——颜良龙。颜先生当时21岁左右，而白光已经四十八九了。这个颜先生可能是爱成熟女人，反正，他非常爱白光。白光上半辈子的人生看起来都是很勇敢的，不怕别人指指点点。可到了中年，她反而好像很怕社会的眼光，又或者是还想给自己留一条后路，白光始终不公开两人男女朋友的关系，她担心如果公开，会让其他男人不再来追求她。

从1969年开始，白光和颜良龙在一起走过了30年，直到1999年，白光在马来西亚去世。

颜良龙是做生意的人，财富起起落落，算不上非常有钱。白光20世纪90年代曾回到中国的香港、台北去领奖，比如金马的杰出成就奖等，就重新被媒体注意到。还有记者为她写传记，特别跑去马来西亚找她拍了一些照片，她家里的陈设非常普通，就像普通老百姓的家一样。按照我们的想象，如果嫁给马来西亚的橡胶大王、石油大王、甘蔗大王，那一定是住在豪宅里，可白光不是，她只是住在很普通的房子里。

这个时候，白光有些年纪了，70多岁，人也发福了，人为修饰的痕迹很明显。可是她讲起话来依旧信心十足，还很要面子。记者拍照，她故意跑去别人的豪宅前拍，好像给人错觉，那个豪宅是她的。可能她不想让别人看到，她现在飞入寻常百姓家，住在很普通的房子里。

她也跟记者讲了很多心里话，讲前面几个老公都是被她打跑的，讲她这一辈子，就是喜欢爱情，不能没有爱情。也坦诚地说，相对爱情，她更喜欢钱。因为吃过太多没钱的苦了，被人欺负、羞辱，不是普通人能想象的。

她也说，曾经年轻的时候，跟一个男人交往，很喜欢他，因为他很有才气，还会写诗。但她还是选择了放弃，她直接跟那个男人讲，写诗能当饭吃吗？写诗的稿费可以让我坐豪车出门吗？

可以让我去最好的地方吃饭吗？可以让我买最漂亮的衣服吗？我是明星。

她有她的选择，这种选择可能很现实，我们别忘记，做这种种选择，当时是受到很大压力的。所以，"一代妖姬"这个外号其实带着一些负面意味。可是她非常勇敢，做了她的选择。

生命就是这样曲折，你在曲折里，要做出自己的选择。选择不一定对，也不一定成功，命运有不可掌握的部分。可是，我觉得，一个人做了自己的选择的时候，晚上睡得着了，也不会觉得委屈。不管从白光，还是从书里谈到的其他人物身上，我都特别强调，做人要勇敢，你要敢去做出你的选择，不要让自己委屈。我们看到很多人都是这样，因为顺从了自己的心，就成功了。要追求到你要的东西，白光就是这样。

到最后，她跟这位年轻男人在一起，而且她也公开了这段关系，他们结婚了，他对她很好。1999年，白光去世后，颜良龙掏了很多钱，在马来西亚一个墓园里造了一个很出名的观光景点，名叫"富贵山庄"。大家去马来西亚的话可以去看，是一座白色的墓园，中间的墓上面有白光年轻时候的照片。墓碑的左边写着"一代妖姬白光，永芬史氏之墓"，下面署名写着"永远爱你的知心人颜良龙立"。中间还有一段墓志铭也是颜先生写的。

墓园旁边还做了一个白色石雕的琴，琴上还刻着《如果没有你》的五线谱。石琴有一个装置，只要你用手碰一下琴键，它就会响起音乐，传出白光的歌声——如果没有你。这是一个国外工程师设计的，能够自动播放歌曲。颜良龙就这样把爱留在了这片墓园里。

白光，很勇敢的一代奇女子，我不想叫她"一代妖姬"。她从小就知道她爱表演，有表演欲，她要成为镁光灯下、众人眼中的人物，掌声下的人物，她周旋于男人之间，在困难的时代里，做出她的选择，付出她的代价。到最后，她赢回来一段三十年的平稳姻缘。她付出了，她勇敢了，她选择了，我真的觉得她成功了。

阅读小彩蛋

分享一下颜良龙为白光写的墓志铭:

白光,生于1921年,走过动荡与繁华的岁月,从大时代的北平到今天的吉隆坡。白光为人正直,够风度、够帅、够豪放、够勇敢,是位传奇女子。白光在歌坛辉煌的成就比在影坛更大,虎留皮,人留名,白光一直没有枉费此生,其愿已满……我们决定再续情缘,生生永远,相亲相爱。

假如世界上真的有"渣男",那颜良龙就是渣男的对立面,是另外一个极端的好男人——暖男。

张幼仪：自强也有好运气

张幼仪的前夫，叫徐志摩。两人的婚姻维持了六年时间，他们俩的离婚，号称是中国第一次用西方方式文明离婚的案例。离婚之后，张幼仪非常努力上进，自己读书、教书，还做了很多实业，生活过得很美满。到了50多岁，张幼仪才找到她的第二春再嫁，后来在纽约去世。她是中国，特别是民国时代，被视为上进女性的代表人物。这一篇我们除了谈她的上进故事，还要谈她的种种纠结和幸运。

作为一名女性，在那个年代离婚，自然会受到很大的压力。可是张幼仪非常有志气，特别是离婚之后，自己不断往前走，充实自己。非常幸运地，她身边有许多男人一直帮她。甚至，从某个角度看，徐志摩同她离婚，也是帮了她忙，成就了她自己。张幼仪虽然与徐志摩离婚了，但徐志摩的父亲还是把她当成儿媳妇，一如既往地对她好。一方面，她是一个有自我壮大能力的女性。另一方面，这种壮大在那个时代里也很幸运，因为她始终被身边的男人所支持。

张幼仪成长中的一个纠结之处在于，她个人成熟了、独立了，可是对于男女关系、家庭伦理关系,她还是无法挣脱传统思维。当然,这也因为她心地很好,总会考虑别人的感受。可是从另外一个角度来说,她还是抛不开从小接受的传统男女性别尊卑观念的局限。

张幼仪,于 1900 年 1 月 29 日出生,1988 年去世,活到了 88 岁。张幼仪算是富二代,出生在江苏一个医生家庭里。家里孩子很多,有 8 个男孩,4 个女孩。张幼仪是家里第二个女孩,排行第八。

她很幸运,身边有很多对她很好的男人,小时候是,长大后也是。张幼仪晚年有本口述而成的回忆录,书名很有意思,叫《小脚与西服》。光听这个书名,我们可能以为她缠过小脚,但并不是。她是差点变成小脚,她哥哥把她救了回来。

按照老规矩,张幼仪小时候家里人要给她绑脚、缠足。据张幼仪自己回忆,那时候她 3 岁,她妈妈就叫她坐在床边,然后拿着一盆水,一堆白布,把她双脚放到水里。洗完后,再将脚擦干净。张幼仪当时还很高兴,心想早上就来替我洗脚了。擦洗后,妈妈还有旁边的女佣,就开始用白布把她的脚缠起来。张幼仪回忆说,**那时疼到我的心都发抖了,我大叫起来,又哭又闹。**当时大人安慰她说,别哭了,每个女孩都要经历的,慢慢就会习惯。不缠的话,以后没人要你了。

幸好这个时候,张幼仪的哭声、尖叫声,引来了她的父亲、哥哥。两人看了实在受不了,就同张幼仪母亲说,算了算了,慢慢来,不急,孩子毕竟才 3 岁。可是妈妈坚持缠足。缠足不是一日之功,一连几天,张幼仪都被缠足的痛苦折磨得死去活来。一直到了第四天,她的二哥再也受不了妹妹的惨叫声,就跑去同妈妈求情说,快放了妹妹吧,这样她会疼死的。假如以后没有人娶她,我会照顾她一辈子。妈妈也是于心不忍,就放弃为她缠足了。张幼仪就这样幸运地逃了过去。

二哥对她很好,除了将她从缠足的痛苦中解救了,还提醒她,以后做人一定要随着自己的心去做事,不要总是委屈勉强自己。这给张幼仪从小种下了要独立自强的价值观。

既然自己没有被缠足,那为什么回忆录叫《小脚与西服》呢?张幼仪嫁给徐志摩后,两人一起在英国生活。当时,徐志摩有位女性朋友来家里拜访。张幼仪发现,那位女性穿的是西服、海军料子的裙装,可脚上却穿着小小的绣花鞋。张幼仪就同徐志摩说,她看起来很好看,可是小脚和西服不搭调。徐志摩就趁机发作了,说了类似"我知道,所以我才想离婚"的话。

徐志摩的意思是:我是西服,你是小脚。虽然你没有缠足,可是你整个头脑,还有我们的关系,都是旧时代的产物,与我这样新时代的人就不搭,所以要离婚。后来张幼仪写回忆录就用这一句"小脚与西服不搭",来作为书名了。

那既然他们当初不搭,又为什么结婚呢?当然是因为"父母之命"了。这里又要表明我的立场了:我觉得我们要敬佩张幼仪,但不一定要讨厌徐志摩。现在网上对徐志摩有无数负面评论,说他抛弃妻子、狠心背叛等等。但我们别忘了,他们是盲婚,是仅凭父母之命结的婚,两人之间根本没有情谊在的。当初仅仅是父母把张幼仪的照片给男方看了看,就直接许配到徐志摩家里了。徐志摩看到照片的时候,是很嫌弃的,认为张幼仪是乡下人、"土包子"。可是后来没办法,迫于环境的压力,他最终只能听从父母的安排。

15岁,张幼仪就嫁到他家去了。三年后徐志摩出国留学,留张幼仪在家中照顾他的父母。等到张幼仪20岁,才去英国与徐志摩会合。可以想见,这种情况下,两人之间根本是没有感情基础的。

徐志摩提出离婚的时候,张幼仪已经怀孕了。徐志摩建议她流产,但并没有强迫她,后来张幼仪也的确没有流产。夫妻之间那么重要的事情,怀孕了生不生,当然双方都有权利提出自己的意见。张幼仪也是明白人,后来两人谈妥了条件,就友好地离婚了。甚至,徐志摩还写文章说,两人离婚之后还是好朋友。

虽然离了婚,徐志摩的爸爸还是对张幼仪很好,因为当初张幼仪照顾得他们很周到。后来她的公公还问她,要不要继续当徐家的媳妇,虽然此时她已经不是徐志摩的太太了。当然,书香世家的人人品一向是好的。后来公公去世了,财产也分给了这个不是媳妇的媳妇。所以,千万不要以传统的、保守的、封建的眼光说她是弃妇,或是站在道德高地,骂徐志摩是"渣男",这看似很正义,其实非常封建保守,所谓"道德杀人"也不过如此了。

后来张幼仪去欧洲读书,家里哥哥们都给予了财务和精神上的支持。读完书,张幼仪就回国了。她在德国学的是幼儿教育,回来后就教小孩德语。后来跟家里合作,在哥哥张公权的协助下,经营上海女子商业银行。她有本领,运气也不错,在短时间内就把银行办得风生水起。

后来她又跟徐志摩的几位朋友,还有哥哥一起在上海合办很有影响力的云裳时装公司。张幼仪自己家里是大门大户,不管做喜事,还是做丧事,都要做衣服。上下几十口,每次添新衣都要找裁缝去做。张幼仪就想，为什么我们不能自己做，而且上海还有那么多女人，她们都爱美，公司一定可以受欢迎。在这种心态下，她开办了云裳服装公司，这是非常值得佩服的勇气和眼光。

后来张幼仪继续当她的银行家、企业家，并且和前夫徐志摩也相处得很好。有时候我们判断一个人的心地好不好，就看他与他人在感情破灭之后，甚至婚姻破灭之后，能不能好好相处。张幼仪和徐志摩离婚后，仍然能够互相聊天通信，徐志摩还写信给她，写到自己与陆小曼之间的感情发展等等。

当然也可能像一句电影对白说的那样，**没有爱就没有恨了**。可是我觉得也没有那么简单，而是张幼仪想明白了。张幼仪自己也说过，**我真的要感谢志摩，因为离婚之后，我才变得独立坚强，我成长了**。

当然，徐志摩不是为了让她成长才离婚的，他是追求自己的爱情与理想。我们动不动就说徐志摩背叛老婆、抛弃儿子、不顾责任，那假如他不背叛旧生活的话，是不是就等于背叛了自己？他根本不喜欢张幼仪，他喜欢的是陆小曼这种女人，吃饭都要徐志摩喂她，从一楼到二楼都要徐志摩抱她上去。他不喜欢独立以前的张幼仪，所以他忠于自己。我一直觉得徐志摩受到了很不公道的评价。

徐志摩后来很不幸，飞机失事，34岁就死了。张幼仪帮忙处理丧事时出了很大的力。当时张幼仪收到这个坏消息的时候，吓了一跳，整个人非常悲痛。可是当大家都不知道该怎么办的时候，她还能很冷静沉着地出主意，解决问题，这是她能干的地方。

张幼仪回忆徐志摩去世的那天晚上，她到朋友家里打麻将，回来很晚。睡到半夜迷迷糊糊听到敲门声，她打开床灯，看看表，是凌晨两点钟。她跑去开门，进来的是位中国银行家。这位银行家坐下来，拿出一份电报，告诉她，徐志摩坠机，在山东去世了。

张幼仪这时候想起，徐志摩出发的那一天下午，还来过服装店与她聊天。张幼仪还劝他，不要那么急着赶回北平。她那时隐隐觉得——可能是女人的直觉——他不应该搭中国航空公司的免费飞机。她可能只是觉得，免费就有危险，这本是很奇怪的逻辑。徐志摩听了还笑了笑说，放心。结果却出事了。

坏消息传来，家人们都忙成一团。张幼仪虽然很难过，但还是很沉着地去处理事情。虽然离婚了，不是夫妻，但两人还是家人，有共同的孩子。最后，徐志摩穿什么样的衣服举行葬礼还是张幼仪出的主意。一开始徐志摩头顶黑绸瓜皮帽，身穿蓝绒色的长袍，是中国传统的寿衣样式。可张幼仪觉得徐志摩是新派人物，穿这样的寿衣肯定不符合他的意愿，应该换上西装，甚至连棺材也应该换成西式的。张幼仪来到现场，提出了这些意见，她向徐志摩三鞠躬后，就转身离开了。可见，她本来就是个很有主见的人，只是在旧时代里被压制了。

人的成长总有一个过程，对当时还没独立、没充实起来的张幼仪来说，离婚无疑是很大的情绪创伤。但经过这次挫败以后，她反而明白了，人最先要爱的是自己，所以她加倍地去充实自己，读书、学习，去做实业。

后来徐志摩和陆小曼结婚，证婚人梁启超还为张幼仪愤愤不平。这个时候，张幼仪反倒淡然了，没有去他们的婚礼现场大闹一番。除了不想勾起伤心回忆，她也不想让徐志摩与陆小曼感觉不自在。她心地好，很善良，什么时候都会想着别人。

也正是如此，张幼仪50多岁来到香港，被一位苏姓男人求婚时，她也无端开始担心。这时候，她传统的女性思维又跳出来了，变得体贴，甚至可以说是过分体贴。她开始担心，哥哥会怎么想，儿子会怎么想，家里人会怎么想，是不是应该先征求他们的同意。

这里的纠结，我觉得非常没必要。假如一个人都50多岁了，找到一个彼此相爱的人，为什么还要写信去征求别人同意呢？面对张幼仪的询问，哥哥回答了两封电报：一封说"好"，第二封说"不好"。那到底是好，还是不好呢？这就把张幼仪弄迷糊了。后来张幼仪直接去问，哥哥才说，本来觉得好，后来又觉得这个事情关于名节，还是不好。当然，哥哥说不好，也并不是完全不同意；说好，可是心中总有顾虑，还是交给张幼仪自己决定。她自知，哥哥其实是不同意的，可心中还是尊重她的想法的。

我想，张幼仪征求他们意见也是出于一种礼貌吧。就算对方说"不好"，她也还是嫁了。我们只能善意地看，不然的话，我就会觉得，不管一个人如何充实、独立，到最后还是跌回原先的那种传统思维里。可能每个人都有他的局限吧。

无论如何，张幼仪嫁给这个苏先生了，在日本摆了酒席。后来相处了二十年左右，苏先生就去世了。

像我在文章最开始说的，张幼仪的确是幸运的，一辈子总碰到对她很好的男人。这就是张幼仪的故事，我们看到，所谓的天时地利人和，就是始终坚强，找到自己想要做的事情，然后再加上一点运气。碰到爱护自己的哥哥，拥有在离婚后还能交朋友的前夫，50多岁还能找到爱自己的男人，样样都有了，自己也做了该做的事，发挥了自己心中的光与热。张幼仪一辈子,的确福气很好,而且很长寿。

我们佩服张幼仪,可是千万千万不要因为佩服她,而去骂徐志摩,大家别再骂他"渣男"了。

阅读小彩蛋

徐志摩去世的时候,张幼仪给他送了一副挽联。这副挽联不是她自己写的,是她二哥找朋友替她写的。

万里快鹏飞,独憾翳云遽失路;

一朝惊鹤化,我怜弱息去招魂。

真是写得好。

董竹君：一个世纪的勇气

○────────────────────────────

这一篇我们要谈的大师曾经有一段时间，至少有五年，每天都与我见面，准确点应该是说我每天都能看到她。我的墙壁上贴了许多优秀女性的照片，例如女作家、女思想家。这一位人物呢，她虽不是作家也不是思想家，但也挂在了我的照片墙中。她写过一部回忆录，还曾经被拍成电视剧，可是她自己在这部回忆录的序里面说，这本书有很多人参与，是共同编写的，所以严格来说并不完全是她的作品。这本回忆录叫作《我的一个世纪》，因为这位大师出生在1900年，去世于1997年年底，整整活了97年多，将近100年，整个20世纪她几乎都经历过，所以说是《我的一个世纪》。

她的照片贴在我墙上，除了因为我觉得她的人生经历真是传奇、丰富、精彩，还因为她90多年的生命里面展现出了无比坚强的勇气与毅力，这是我最欣赏的。不管是男是女，我觉得做人，就应该像我经常挂在嘴边的那样：生命无非是苦，苦来了把它安顿好了就行。那怎么安顿呢？说来简单，但做起来很难，需要很大勇气。需要勇气做一些选择，需要勇气坚持。当然，有勇气还不够，还要有一定的运气。生命其实需要三气：勇气、运气，还有元气。你要有一股劲，勇气是胆量、决心，而元气就是你有的那股很抽象的生命力。这股力量不断为你自己的生命创作提供动力，创造你自己，就像苏珊·桑塔格一样。这位大师从十来岁开始就知道：我是自己的创造者，我要创造自己的生命。

我仰慕、尊敬的这位大师，一来有勇气，二来就是她非常坚决、有毅力，三来她很漂亮，她的样子是我喜欢的。当然一个人是否漂亮和他成不成功，没有必然的关系。但是要是说完全没有关系那也不对，甚至有点天真了。因为颜值就是一项资源，很多心理学都做过实验，颜值高的人从小开始，不管是面对老师、长辈还是朋友，他们都会受到一定的优待。有时候颜值过高也有它特别的压力，不过那是另外的话题。反正这位女士，她的样子长得真是好看，可以说是雍容华贵，并不是一般所说贤妻良母那种坐在家里的华贵。她就是五官的比例好极了，很温柔，很敦厚，让人一看就觉得心地非常好。一双眼睛看着镜头外面，就有我刚说的勇气，还有元气。我们看着她，就会觉得有股生命力从眼睛里面喷出来。所以我把她的照片贴在墙上，挨着其他几位女作家，包括苏珊·桑塔格。我就每天看着她挂在我办公室的墙上，早晚相对，从上班到下班都看着她，还有她们。

若是不相信我说的，就上网找她的照片来看吧，保证你会变成我的"情敌"。就算你不知道她的故事，光看她的样貌也会爱上她，而知道了她的故事以后只会更佩服她、爱慕她。她就是董竹君，她的故事或许你看过电视剧，也大概了解，可是要想了解细节，最好还是看她的回忆录《我的一个世纪》。当然，这本书与所有的回忆录一样，在现实和历史之间或多或少有一些落差，我们不知道，那就当作一个情节来看吧,即使细节处有夸张或美化她,可还是非常动人的。

董竹君出生在上海穷苦人家,父亲是拉黄包车的车夫,可能这一点对她形成以后的勇气、元气有很大影响。家里虽然穷,但是她母亲坚持让她受教育,总会省下钱给她请老师。她于1900年出生,那时她还不叫"董竹君",而叫毛媛。那个年代,女孩子小时候是需要缠足的。但因为缠足很痛,阿媛就坚决不要,还几乎同妈妈打起来。妈妈就说:"女孩子不缠小脚,以后怎么嫁得好呢?缠脚都是为了你嫁得好。"她就是不要,她说:"庙里的观音娘娘都没有小脚,照样还能办成大事,成为我们每天都叩拜的神。既然如此,那我们为什么一定要缠小脚呢?"妈妈一听也没办法了,毕竟观音都是大脚。她就是这么有志气,所以严格来说不止三气,应该补充为,要有勇气、运气、元气,还有志气,这是最重要的四个"气"。若是再加一气,就是不要轻易生气。

毛媛再长大一点的时候,因为父亲生病了,家里没有了经济来源,确实穷得无法生活了,只好把她卖掉。卖去哪里呢?上海的长三堂子,简单来说,就是在青楼当歌女。据她回忆录里面说,刚到青楼时年纪还没到,所以卖艺不卖身。她样子长得好看,从前街坊邻居都叫她"小西施"。过一年两年她长大了,在书里面用了"做大人"三个字,什么意思呢?就是说女生发育了,月经来潮了。青楼老板觉得"做大人"就可以卖了,要替她找男人卖掉。她又怕又不服气,只能逃跑。当时已过1911年,辛亥革命之后各种革命不断,青楼是很多革命分子的聚集地。那时候各地军阀割据,很多人反袁世凯,就躲在花天酒地的青楼一起闹革命,这里最混乱也最安全。

她在青楼就认识了一位来自四川的革命人士,曾经当过四川的副都督,是个富二代,算是位青年才俊,叫夏之时,年仅24岁。他曾经在日本学军,后来回四川当官,但后来因为反对袁世凯,就被政府通缉了。

两人很快陷入爱河。阿嫒从小就很有自信心,在初对男女之情有感觉后,就常常对着镜子想:我长得这么好看,以后一定要嫁个大人物。她认为这个夏先生就是大人物,于是和夏约定说:我要走,可是我不需要你花钱来替我赎身,因为你花钱买我,我以后一辈子都好像欠了你,好像我是你买回来的玩具,而不是一个人,所以不要,我会逃亡。他们的逃亡约定在一个晚上。

她先是装病,然后又撒娇,灌醉了守卫就跑出去了。夏之时顺利接到她,随后向她求婚。她答应了夏的求婚,可是提出了三个条件:第一个,不做小老婆;第二个,她要跟着夏之时去日本读书;第三个,就是二人成家之后,无论是家中还是革命上的大事,只要夏参与,她都要有同样参与的权利,要获得夏的尊重。用我们今天的说法,就是要有独立主权,要有自主性。夏先生立即同意了,后来二人就去了日本。在日本的时候,夏先生已经替她改名了,改叫董篁,字竹君。可是以后呢,董竹君这个名字用得更多一点。她很厉害,仅用三年时间读完五年的课程,其间还生下小孩,需要照顾小孩和老公,是位很能干、很有本领的女性。一个人不管男女,有本领是很重要的。有本领的人才可爱,这是我的另一套哲学。

夏先生先回中国时,董竹君是有机会去法国留学的,但为了夏先生放弃了。她跟着夏先生回到了四川成都,一面用心照顾家庭,一面努力精进自己。她与夏先生感情不错,后来几年时间里又生了四个女儿、一个儿子。用心照顾家庭的同时，她还自学了许多关于财务、社会实务等方面的事情，非常上进。这本书已经谈了这么多人物，如果有一个排行榜的话，董竹君可以排前三名。她真的很上进，一般处在那种情况，当少奶奶就很享福了，可她一点没有放松，继续自己教小孩，保持学习。

可是她老公夏之时与她刚好相反，革命成功之后，他开始当官。可是他后来因闯祸站错队，被政敌拉下马，就没有官当了，回家之后就每天赌钱、喝酒、抽大烟，偶尔陶冶情操玩玩书法、精石等等。他脾气变得非常暴躁，经常打骂小孩，甚至仅仅看到女儿的音乐老师写了封信给董竹君，与她谈论女儿学业的事情，就大发雷霆，拿着刀追老婆。他这是吃醋了，其实在那个年代不一定是因为爱一个人才吃醋，还可能是因为把对方看成自己拥有的物件，不能被别人占走，甚至连看一眼都不行，否则就是主权被侵犯。夏之时动不动就动刀，非常封建，比方说看到女儿与其他男生玩就会骂她："**怎么教你的，你妈妈管教不好了。再这样送你一把刀、一条绳子好了。**"就是让她自我了断的意思。像不像明朝或清朝的事情？当时已经是20世纪20年代的中国，而夏之时可用四个字来评判——去古未远，他有非常封建保守的父权思想。

而此时董竹君经过多番取舍，做出了一个重要决定。这个决定改变了她的命运，甚至从某个角度来看改变了许多中国人的命运。董竹君提出离婚，要一个人带着几个小孩子离开这个不长进没出息的老公。当然吵闹拉扯了好一阵子，到最后，夏之时笃定董竹君没法一个人带着孩子生存下去，一定很快就会跪着请求原谅。所以他笑眯眯地说：好啊，你要走吗？我让你走，可是我们来个君子协定，我们暂时不离婚，我们分居。分居五年之后，假如你带着子女在上海没有饿死，我就把手砍下来给你煎来吃。你看这说的什么话，真是渣男。我觉得"渣男"不一定是指一辈子爱了许多女人，而是说，不管有没有爱，但都没有情谊。对方是一个人，不能以这样的毒话来羞辱对方的人格。

董竹君是多么有志气的人，说走就走。她带着小孩去了上海，开始打工。她想着既要为自己做事，也要为社会服务，小我大我都要去做，所以她同当时的地下党和左翼分子走在一起，暗中替共产党做了许多的事情。她帮助解救被国民党迫害的人，然后获得共产党一些经济上的帮助。她用这些钱做了一些小生意，但最终都失败了。一是因为她没有做生意的经验，二也是因为受到战争的影响，整个社会时局变动，自然很容易失败。在失败之中，她多次受到打击，并且当初约定的五年时间转眼就到，夏先生来了，找到她说：怎么样啊？五年到了，你做出什么大事了吗，不行的话还是跟我回去吧。董竹君会答应吗？当然不会，她坚持要离婚，并且提出了离婚条件。可见她真的很懂得和别人谈判，也正因为此，她后来生意做得很成功。她提了什么条件呢？她说：我们离婚，希望你能答应我两个条件：第一个很重要，就是我这边目前经济还有些困难，但你不用给我钱，你只要支持几个孩子，我希望他们能继续接受教育，当然更不希望他们没饭吃；第二个，万一我将来出了什么状况死掉了，你一定要照顾我们几个小孩，不要不管。她知道地下革命工作的高危性，所以想把孩子委托给夏之时。结果她老公完全不答应，不管孩子们的死活，一走了之，这把董竹君气得要死。

她老公后来也没有好下场，1950年，62岁时就以反革命分子的罪名被枪毙了。而董竹君继续在上海，展开她更传奇的生活。我觉得她前半生从穷人家小孩到青楼小歌女，再到逃出来后做少奶奶、富太太，最后又离婚已经很传奇了，可是她离婚后的经历更加传奇精彩。30年代时，她从朋友和前夫以前的朋友那里各处筹钱，凭借着在四川时学到的厨艺，开展起自己的事业。因为她人好，别人也对她好，再加上有党在背后支持，她的餐厅很快就开了起来。1935年，锦江小餐川菜馆红红火火开业了。

餐馆开起来后，慢慢名气就上来了。董竹君懂得改良，按照江南人的口味改良川菜，而且店面的装潢也弄得很好，融合了欧洲、日本，还有中国的美学风格。餐馆细节要求很高，餐布要整洁，杯子要干净，她每天都会亲自检查这些事情。为了避免玻璃有油垢，她就拿起玻璃杯端在窗前看，阳光照透玻璃不可以有半点印子。因为餐馆好吃又舒适，生意也越做越好了，成为当时上海的名楼，青帮老大杜月笙、中国政府官、外国外交官等都会来。当然，董竹君开川菜馆的另外一个目的，就是给革命者提供隐蔽落脚点。

传说杜月笙来了，因为店面很小要排队，他很生气，质问店员怎么回事，居然连他来了都要排队。排队就算了，为什么生意这么好还不扩充店面？要是因为找不到店面，就同老板娘说以他杜月笙的名义去找，赶紧扩张营业。就依着杜月笙的一句闲话，董竹君很容易找到了其他店面，餐馆越做越大，如今上海鼎鼎有名的锦江饭店，整个连锁事业都是董竹君在30年代办起来的。后来她又在上海开了锦江茶社，专门训练那些读过书的女服务员，让她们有工作，自立自强。

她这一辈子虽然没有整天鼓吹女权，仅仅是开餐馆，办商场，去菲律宾募股，做这些生意上的事。但是开的商场她会专门请女工，聘请女管理人员，因为她始终觉得女人也是能够做事的，只不过一直被男人压制住而已，所以她才是真的通过实务来践行她的女权思想。

当然中间她也受过一些挫败，1945年后她坐过一次牢，在60年代中后期"文革"时又坐了牢，此外家里几个孩子也遭遇了非常不好的事情，其中一个女儿精神错乱。虽然在那个大时代下很多人都有类似遭遇，可董竹君心里还是特别迷惘难受。她特别爱国，50年代之后将自己做的这么多事业，包括商场、女子学校，还有最引以为豪的锦江饭店，全都捐给国家了。真是伟大啊。

有些人当时把财富捐给国家，是为了自保，可是我们看董竹君一路走来，她就是真的爱国，认为自己这辈子就是踏踏实实做实事，是为了自己成为人，也让自己几个小孩成为人。她一路走来熬过了六七十年代的动乱，直至1997年才去世。传奇吧，值得我把她的照片贴在墙上，除了她的颜值，她的勇气、志气，她的元气，还有连她都掌握不到的运气，都让我们佩服得五体投地。

这就是董竹君，诸位一定要去看《我的一个世纪》，就算不看书，也可以看电视剧，有拍董竹君一生的电视剧，很好看的。

阅读小彩蛋

她有一句话很文艺腔,可是很有味道,慢慢体会她说的意思吧。

董竹君说:"我对人生的坎坷没有怨言,只是对爱有一点点的遗憾。"对吧,很有味道。董竹君对爱的遗憾到底是什么呢?值得我们细细地去体会。

任剑辉：英气十足的"戏迷情人"

这位粤剧艺术家是我比较熟悉的，因为小时候经常跟妈妈去看她的戏。可是那时候其实她已经不登台了，我们看的是她拍的电影。她带着徒弟们既演粤剧，也拍电影，我和妈妈、姐姐，还有那些阿姨，都看得非常入迷。这位粤剧艺术家有一个字同我一样，叫阿辉。她是辉女，可是大家都把她看成男人一样，因为她演的行当是女武生，女扮男装，不管在舞台演粤剧还是拍电影都是以男人的面目来见大家的。女生扮男生，她当然非常有英气，细看五官，也很端正、清秀，所以不论男女，都会被她吸引，这位"辉女"叫任剑辉。

她于1913年出生，1989年去世，享年76岁。在香港或广东说起任剑辉无人不知，稍稍听过粤剧或看过粤剧电影的，可能不知道马师曾，也可能不知道红线女，但不可能没听说过任剑辉，还有她的最佳搭档白雪仙。白雪仙女士现在还很健康，她于1928年出生，已经九十多岁了。

任剑辉本名叫任丽初，也叫任婉仪，都是很女性化的名字。后来演女武生，就改了男性化一点的名字。任剑辉是广东南海人，与康有为是同乡，她有位阿姨也是女武生，艺名叫小叫天。任剑辉从小就和很多广东人一样喜欢看戏，而且看不过瘾还要去演戏，本来爸爸不准，她就求妈妈替她说话，终于说服了爸爸同意她去广州学戏。刚开始跟阿姨学，后来跟了一位叫女马师曾的艺人学。你看马师曾多厉害，只要跟他学的都冠他的名号，用他来作为标准。这位女马师曾姓黄，黄女侠，因为扮的是武生，所以起了个比较男性化的艺名。任剑辉从此正式跟她学艺了。

任剑辉是神童，很快就唱出名堂了，大家很看好她。当时广州有很多用五六层楼的天台改成的游乐场，游乐场里会搭一个台子用来演戏，她就在一家曾光百货的天台上演，那时候的戏团全是女班，她就跟着群芳艳影剧团在那儿演出了。她师父是女武生，任剑辉就立志要超过师父，既能演女武生，也能演女文生。后来她自己模仿另外一个名角桂明杨，虽是偷学，但演得很像。她老师是女版马师曾，她就号称女桂明杨。学到本领后，她二十来岁就已经可以独挑大梁，成为女一号了。

当时这种全女班很好玩，女薛觉先、女马师曾、女桂明杨都一起来合作演出。后来因为日本人侵华，她从广州去了澳门，在澳门演了蛮久时间，从1935年待到1945年抗战结束。抗战时期澳门被葡萄牙所占领，对外宣称中立，所以没有大规模的战乱，只受到一些很小的破坏。当时有很多电影明星、演员，还有剧团的人都从香港、广州来到了澳门，演艺圈的竞争变激烈，很多人在澳门一待就待了十年。

抗战结束后，她就回到香港，从40年代末期火到了五六十年代，一路大红大紫。可惜她蛮早就退出了舞台，1968年是她最后一次登台与白雪仙合作，1972年香港"618水灾"筹款，她与白雪仙没有穿戏服就站出来唱。那一幕我印象非常深刻，现在偶尔还会到视频网站找来重温她们的绝唱。40年代末期，她与白雪仙就在香港相遇，50年代她们开展了长期合作。替她们编戏的，是粤剧里非常重要的才子唐涤生，他们的关系有点像梅兰芳同齐如山一样。齐如山是研究京剧坤戏的，编了很多的戏，一直在梅兰芳身边帮忙。唐涤生不只替任剑辉、白雪仙（一般简称她们"任白"）编戏，也替不同的剧团，不同的老倌、名人、艺人编戏，例如大名鼎鼎的《帝女花》《紫钗记》《再世红梅记》等都是他编的，非常动人，很多段我都会唱。任剑辉和白雪仙虽然年龄相差15岁，但是她们的合作一向天衣无缝，在搭档之外她们更是非常亲密的好姐妹。

白雪仙回想第一次见任剑辉的时候说：我15岁，她30岁，那时候任剑辉已经很红了，我听她名字很久了。任剑辉在澳门有个剧团叫"新声剧团"，那时候白雪仙也在澳门排戏，白雪仙回忆说：任剑辉名气大得不得了，她居然来看我演戏。我知道她来了，演出的时候就偷偷看她。她在第三排看戏，但遗憾的是，演出完谢幕的时候没有看到她，我很失望，结果一回到后台，就看到任剑辉坐在我的箱位旁，我太惊喜了。每个演戏的老倌都有自己的一个箱子，里面装着自己的行当服装。任剑辉大老倌——她的偶像居然就坐在自己的箱位旁边，她当然很惊喜。后来的几十年间，她们比姐妹还亲。白雪仙说：当时我真是觉得好像做梦一样，怎么会这样子？大老倌怎么会来看我演戏？之后任剑辉还找白雪仙合作，说是有什么特别的戏码。

任剑辉曾与一位叫黄苏的先生结了婚，但一年多后就离婚了。据说她也与一位名叫罗品超的粤剧艺人谈过恋爱，可是没多久也分手了。这一段恋情直到任剑辉去世才公开,罗品超回忆说,他们是在尖沙咀谈分手的,分手之后他慢慢从尖沙咀走路去旺角佐敦一带,天空下着毛毛雨,他感觉很浪漫。在老公和男朋友以外,任剑辉还交往过几位知心的女性朋友,其中一位比较要好的叫徐人心。可是交往一阵后,徐人心就选择回广州生活,而任剑辉就留在香港。

对于与白雪仙的相遇,任剑辉觉得是上天的安排。她们之间的关系,是合作搭档吗?或是老师学生?还是金兰姐妹?她自己说,什么感情都有。我们可以想象任剑辉在1989年去世时,白雪仙是何等伤心欲绝。那时白雪仙61岁,她说任剑辉不在了,从此之后舞台对她来说就没有了颜色。

任剑辉本来有"新声剧团",后来解散了,又组了以"仙凤鸣"为名的戏班,到处演出、拍戏。《帝女花》《紫钗记》都拍成了电影,1964年他们花了很多钱去拍《李后主》,拍得很讲究,非常受欢迎,可是因为前期投资太大,收不回成本,所以有一阵子她们手头还挺拮据的,没有钱,白雪仙甚至把自己的房子卖掉才还上了。二人凭借着高人气,继续演出了几年,才又赚回不少钱,一直演到年纪到了才退休。

白雪仙是1928年出生的顺德人。她父亲本名叫陈荣,艺名叫白驹荣,也是演小生的,还被称作"小生王",非常了不起。白雪仙在家里排行第九,所以又叫九妹或者九姑娘,很好听很古雅,同时又有点生猛,好像民间的小名。

她也是从小爱看戏,爱唱戏,后来就真的去学戏了,跟了一位名角薛觉先的太太唐雪卿学戏。白雪仙的艺名怎么来的呢?有一个普遍的说法,三个字要拆开看,"白"是纪念她父亲白驹荣,"雪"

是指她的老师唐雪卿,"仙"虽写作仙女的仙,可其实是用她老师丈夫薛觉先的"先",所以把这三个字拼起来叫作白雪仙。当然也有另外一种说法,是白雪仙的姐姐讲出来的,她说哪儿有这么复杂,其实是她妹妹小时候知道外国有个卡通人物叫作白雪公主,小女生都喜欢仙女,所以叫白雪仙,正好妹妹也是演花旦的。

她和任剑辉不仅合作无间,还共同收了很多学生,其中比较出名的叫龙剑笙、梅雪诗。当时学戏都要取艺名,男武生就用任剑辉的剑,花旦就用白雪仙的雪。龙剑笙和梅雪诗他们的剧团叫"雏凤鸣",和老师们的剧团"仙凤"有异曲同工之处。还有一位演戏很出名,后来成为著名电影演员的陈宝珠,也是她们的学生。白雪仙说,任剑辉教学生其实教的并不多,因为她本身是天才。她的教学主要就是鼓励,让学生自己领悟。那时候龙剑笙经常问她这个怎么演,那个手应该怎么做,任剑辉的回答往往是:你想怎么演就怎么演,就随你的心吧。

白雪仙也说,像她们演《帝女花》《紫钗记》,任剑辉经常喊自己娘子,曾经有一场戏她要连喊三声:娘子、娘子、娘子。三声的感情、状态都不一样,要将感情一层一层地推进去,别人很难做到,而任剑辉就是有这种天分。任剑辉演粤剧时常扮演多情种子,就像那种上京赶考的穷书生,考上状元回来却找不到老婆,最后为爱宁可殉情自杀的苦情角色。她演电影时也经常女扮男装,但是有点像古惑仔,很精明,甚至有点狡猾奸诈。她有一个诨号叫任叫好,或是任好仔,因为电影里她演的奸角总是坏坏的,可是人家故意说:好仔说得很好,因为那个好仔不过演的是奸角。

任剑辉最广为人知的外号叫"戏迷情人",因为男女都喜欢看她演出。特别是女的，当时不管是太太，特别是姨太太，还是女佣都疯了一样喜欢她，就像今天年轻人看到韩星一样追着喊叫，每个人都煲着汤，煮着饭，有钱的话就买最名贵的补品，去戏棚里面捧她的场送给她。白雪仙说她对观众非常好，没有架子，谁来她都点头，找她签名都很有耐性从来不会摆臭脸，个人的修养非常好，因为任剑辉知道舞台下的掌声如流水，就像那句古话：水能载舟，亦能覆舟。

1968年之后，任剑辉花了20年的功夫培养她的学生，带着他们排戏、拍电影，她也成立了自己的电影公司，参与了很多慈善事业。她生平最爱做的事就是打麻将，没事的时候可以一天到晚就在家里开台打麻将。

她去世以后，白雪仙伤心欲绝，有新闻说白雪仙每天都会在自己房间里重听自己当年与任剑辉合唱的戏曲，经常边听边流眼泪。第20届香港电影金像奖曾把终身成就奖颁给她，白雪仙的感言是：**我今天来领奖一半为了我自己，另外一半是为了另外一个人，我得到了这个不迟不早的终身成就奖，成就了另外一个人的成就。**

有点玄，可是也不难懂，大家想一想就明白了。她说这种成就是上天所赐的，而她得到的最好的成就，就是找到一个像任姐这样的好朋友，而且不仅是自己认为任姐好，是全世界都说任姐好，那是真的好！这真是非常感人的一段情谊，她们在舞台上的故事完全可以改编成电影或电视剧。这不仅是她们的故事，也是时代的故事。

阅读小彩蛋

有人问任剑辉为什么70年代之后就退休不上舞台了,她就说了一句:"见好就收,在这舞台的高峰停下来,才能永远站在舞台的高峰上。"

小明星：鸳鸯命薄红颜丧

这一篇我们要讲的是一群人，他们都生活在同一个年代。你说他们是大师吗？在某个领域，某个年代，他们的确有贡献，可是我觉得，最值得我们去听、去想象的，是他们在那个时代里面的生活。看他们面对国家、社会的各种变动，个人如何安身立命，如何安顿自己的感情。他们有不幸的遭遇，可是也有独特的选择与贡献。这些其实是小小的故事，但我觉得很堪玩味，在别人的悲剧或者喜剧里想象，就好像我们也活过了这段人生一样。这的确可以丰富生活，还可以提升对生命的敏感程度。

美国第一才女苏珊·桑塔格从小就立志要当作家。她说："**因为我很贪心，我希望过不同的生活，每一个人的生活。**"而写作、创作，可以让她通过想象还有文字，感受她笔下每一个人的生活。她说当作家是一件很有包容性的事情。我觉得这句话可以扩大来解释，不仅创作者可以过不同人的生活，其实当一个认真的读者，还有听众，也许你就真的可以像我刚说的，丰富自己的生命，扩大自己的认知，提高你对生命的敏感程度。

我们这篇说的一群人，要从一位年纪轻轻就去世的女歌手说起，她叫小明星。不是因为她只演配角，也不是因为她演小电影，而是因为她10岁左右就出道卖唱，年纪小，所以干脆叫"小明星"好了。这位小明星出生在1912年，1942年去世，仅仅活了30岁。那个年代很多名人、艺人、歌手自杀，但她不是自杀的，她那么年轻死去是因为肺病。小明星本姓邓，叫邓曼薇，广东三水人，是穷人家的小孩，她眼睛很大，大家都叫她大眼妹。想象一下，她瘦瘦的，嘴巴尖尖翘翘的，眼睛特别大，一副病美人的样子。她小时候爸爸就去世了，过继给了远房亲戚"六婶"，也就是她的养母，两人相依为命。因为家里穷，邓曼薇只读了一点点书之后就学艺卖唱，慢慢地唱出了一些小名堂。

后来她碰到一位恩师——王心帆，这位"恩师"并没有教她唱歌，因为他本身也不懂唱歌，甚至不懂音乐。王心帆本身是文人，他写诗、写对联，什么都写，就是不懂得写曲。他碰到小明星，才子和艺人之间难免会生出一些情愫，这时他才开始写曲，用很简单的调子来写，而且声明谁也不准更改他的曲子。小明星就自己琢磨，慢慢就唱出她的一副腔调。王心帆为她写的第一首曲，叫《痴云》，后来又写了《长恨歌》《恨不相逢未剃时》，还有《抽坟》《故国梦重归》等等，两个人合作了几十首名曲。小明星唱出了名堂，这些曲子当时被称作：心云新曲。

小明星体弱多病且多情，才30岁就去世了。她从十来岁开始，到去世前的十年间，大概有八九段情史，都是和有妇之夫，或者和富家子弟谈恋爱，都没有开花结果。那个年代大家都看不起卖艺的人，即便不卖身，但也始终瞧不起。在小明星的身上发生过不少那种文艺片里的故事，例如男生想要出国深造读书，但囊中羞涩，女生为爱不断卖唱，挣钱供男生出国深造，追求梦想。后来男生学有所成回来，却也发生了战乱，乱世中二人再难相见，就没有来往，最后分开了。

后来小明星从广州一带唱到香港、澳门，交往了其他男人，但最后都没有结果。她曾经也订过婚，可是男方家嫌弃她是艺人，就棒打鸳鸯，拆散了他们。而她和王心帆也没有更多发展，因为王心帆知道自己是个写作的文人，说难听点是穷酸才子，自认为配不上当红的小明星，所以只是和她维持着暧昧关系。小明星曾开玩笑地说：既然你都知道我嫁不出去，我干脆就嫁给你好了。王心帆就说，阿妹我怎么敢高攀你，你也知道我以前有个未婚妻，后来分开了，我对其他女生没兴趣了。虽然王心帆听起来用情很专，可后来一些材料显示他喜欢过三四个女人，但要么是交往时对方染病死了，要么就是因为意见不合分开了。像他的未婚妻，那时候与他一起待在香港，后来决定要北上投身革命，而王心帆只愿闭门做个书生，二人就此分开，没有再相见了。

小明星这种故事，在当时非常普遍，但她的结局比较戏剧化。她在40年代来到了香港，后来又去澳门唱歌，义唱抗日歌曲。那时候很多艺人都投入爱国运动，举行义卖活动等，支持中国人抗日。她离开澳门后又去了广州，那是1942年，当时广州已经被日本人控制，但民间还是有娱乐生活的，可以唱歌听曲。8月24日那一天，小明星正在广州的添男茶楼登台演唱，唱的是王心帆给她写的《秋坟》："只有夜来风雨送梨花，鸳鸯未归芳草死。鸳鸯棒打鸳鸯，鸳鸯薄命。"都是很哀怨的歌词，小明星正唱着，突然开始吐血，因为她本身就患有肺病，加上唱得太动情，一句"鸳鸯未归芳草死"接着一声咳嗽，很快就不行了，整个人倒在地上。后来她被送进医院急救，但急救无效，就这么戏剧性地去世了。王心帆给她写的《秋坟》竟这样成了绝唱。

王兴帆倒是活得很久，于1896年出生，1992年在香港去世，享年96岁。小明星30岁去世时，王心帆还写过一千多字关于小明星的传记，后来也出版过。

小明星有过几次自杀记录，但都没有死掉。1932年，她才20岁，与一个男人在中华酒店吵架，男人离开房间后，她就生气地吞鸦片自杀，后来又被救了回来。说到吞鸦片自杀，就又要讲到同年代的另外一号人物，她也在我的小说《龙头凤尾》里面出现过，她的艺名叫花影恨。你看当时人的艺名多哀伤，有"鸳鸯蝴蝶"的那种感觉。

她于1917年出生，1939年去世，年仅22岁。她和小明星一样，都是卖唱的，但她真的因为吞鸦片而自杀去世了。她是江苏人，本名朱秀珍，小名叫阿妹，听起来好像台湾阿妹一样。她的家里很穷，很小的时候她就被卖到了香港西环那边的石塘咀，在青楼当艺人，是唱歌的歌女。年轻的小歌女，是不是卖艺不卖身就不知道了，但终归是唱红了。后来她曾经被一位官员赎身，官员金屋藏娇，二人过了一段甜蜜时光。可是好景不长，很快就被官员的大老婆发现，就拆散了他们。她一辈子都在卖唱，所谓一辈子也只是20多年。

花影恨很爱国，她与其他歌女一起举办过好几次义唱活动。她去世前不久，先在1939年举办了一场捍卫中国青年救护团的筹款动员，筹了很多钱，7月她又为"七七事变"义唱筹款。后来她很不幸地选择了自杀,自杀的理由有不同版本。其中一个版本是说,她和越剧红人马师曾有过恋情,但是在交往中发现马师曾同时和其他女演员保持暧昧关系,她也因此被情所伤,最后选择吞鸦片自杀。另一个版本说她的自杀与爱情无关,是因为在那个环境下,国家动荡,她与妈妈、养母相处得都不好,感怀身世,一时没想开,就自杀了。

花影恨留下的遗书也确实强调自己的自杀不是为情,不是为钱,从今天的角度讲,更像是抑郁症。她的遗书很短,最后一句是"**生无可恋,甘为鬼**",很哀伤。她自杀被发现后就被送到医院急救,最后死在了玛丽医院,葬在香港仔。你们有空可以去找找她的墓碑,上面刻的字不是花影恨,而是用回了她本名,很简单几个字:朱秀珍姑娘之墓。我觉得大家有空去香港仔吃海鲜之余可以逛一下那个墓园——香港仔华人永远墓园,里面葬了蛮多民国名人,像北京大学校长蔡元培,他在五四运动时为了保护学生,拒绝与军阀合作,最后死在香港,葬在香港。还有当时民国第一任总理唐绍仪,后来军统怀疑他做了汉奸,就派人将其刺杀在上海的家中,迁葬到香港来。墓园里有很多这种名人墓碑,大家可以去考古一下。

20世纪30年代的这些女性艺人的悲剧真说不完。当时她们受着多方面的压力,首先是卖艺本身带来的社会歧视,不管卖身不卖身,总是会被人看扁,没有地位;其次是女性身份带来的压力,当时的父权封建去古未远,女性基本上没有什么发展的机会,总是被男人看成玩物;最后是因为整个社会处于动荡的状态中,日本侵略中国,百姓终日惶惶不安。

这就是女艺人们悲哀的故事,她们每一个人都是一个完整的有血有肉的生命，虽然不一定是大师，但她们都在各自的领域里面努力走出了一条路，虽然遭遇挫败，最后在挫败面前倒下，但我们还是可以从她们的遭遇中受教，提高我们对于生命的感悟能力和敏感程度。这就是从小明星到花影恨的故事。

阅读小彩蛋

这些女艺人也没留下什么名句,在这里分享花影恨遗书中的最后一句:"生无可恋,甘为鬼。"在某个时代,某个年代,在某种情况下也的确如此吧。

篇章四

浮生·尽风流

活着是一生,睡着来个梦又似活多一生

新马师曾：邓家争产事件簿

马师曾，广东顺德人，是粤剧名伶红线女的第一任老公，同时也是红线女的师父和老板。他和红线女一样，一直在不断研究怎么拓展粤剧唱腔和表演艺术的框架。他跟梅兰芳学习过，又把京昆艺术带进了粤剧里，形成了一套自己独特的唱腔——马腔。他曾经在香港岭南一带很红，可惜英年早逝，于1900年出生，1964年就去世了。

我们这一篇不讲马师曾，讲"新马师曾"。新马师曾姓邓，叫邓永祥，因为刚出道时模仿马师曾的唱腔和样子，所以就起了"新马师曾"的艺名，用了一辈子。他活得比马师曾久，于1916年出生，比马师曾小16岁，1997年4月走的，正巧在香港回归以前，活了81岁。

新马师曾8岁的时候父母就离婚了，因为他父亲爱赌，还喜欢看戏，反正是不务正业，嫖赌饮吹样样都来。他父亲离婚之后再娶，邓永祥遭受了后娘的刻薄对待，干脆离家出走，睡在路边，后来他在路上遇到了江湖卖艺人。卖艺人收留了他，还收他为徒，教他技艺，带着他一路表演赚钱。邓永祥瘦瘦的，个子不高，又会唱又会演,反应也快,表演起来很有幽默感,慢慢地就受到了关注。没过多久,有一位演艺人看中了他,把他招揽了,教他演粤剧。后来邓永祥在广东省四处演戏,因天赋出众,故被称为神童,其中他最拿手的表演就是模仿20世纪20年代已经很出名的马师曾。因为他模仿马师曾的唱腔,还有说话时的神情实在是惟妙惟肖,所以师父干脆给他取名叫"新马师曾"。后来他到处演出,也曾到过香港。那时香港有一家太平戏院,名字古雅,1890年以前就盖在石塘咀了。当时的石塘咀有很多歌楼和酒家,是红灯区。太平戏院主要演的是粤剧,它有好几层楼,楼层越高票价越贵,高层楼里还有包厢。太平戏院还有一个特点,它比一般剧院多出一种小椅子,专门留给小孩子坐,因为有些太太去看粤剧,可能还带着小孩和保姆。有时候小孩子太小就会坐在保姆的腿上,而保姆就坐在那种小椅子上面。太平戏院旁边的门口还有副对联,对联写的是"**太古衣冠犹慕汉,平台歌舞足移人**",总之是表达对汉文化的仰慕和对舞台上歌舞的赞美。后来太平戏院被拆了,1981年在原址上新建了一座商场。现在我们去石塘咀,到了中环再往前走,能找到一家叫创业商场的地方,名字蛮土豪的,这里就是以前的太平戏院。

回到正题,新马师曾后来在太平戏院里表演,很受欢迎。他刚到那里时,才十岁出头,那一阵子太平戏院的营业额本来不高,但只要他表演,每一层楼都能爆满,使得戏院老板大赚一笔,转亏为赢。后来他在香港各个地方演出,慢慢组建了自己的剧团。广东人喜欢把小孩叫某某仔,或是表示亲昵也会这么叫,我年轻时就被人家喊"辉仔",当然现在是叫"辉伯"了。新马师曾平时被大家叫作"新马仔",但只要是他接受采访,或者露脸的场合,大家还是尊称他为"祥哥"。

很多演艺人员电影明星，或者戏曲大老倌都在事业上有过低潮期，可是祥哥这辈子好像没有低潮过。他既在舞台上演，也拍一些电影。因为长得瘦，又很有喜感，所以他大多演喜剧，偶尔也演一些文艺片。

据说在80年代时，新马师曾的财产大概就有几亿港币。他在香港有多处地产，其中在西贡有一块4000平方米的土地，除此之外他还开着酒楼、唱片公司、电影公司等。他的酒楼叫"楚留香"，很有意思，就是武侠小说里的那个楚留香。更有意思的是，他还是澳门娱乐公司的股东之一，这或许与他本身爱赌的性格有关系。他非常爱赌钱，赚了很多钱却也输了很多钱。输到最后，他干脆入股赌场，从赌客变成股东。他和澳门葡京的老板——我们都熟知的赌王何鸿燊，本来就是好朋友，据说也可能是远房亲人。祥哥第四任老婆后来接受访问时曾表示，那时候她看祥哥赌钱输了那么多，心里很难过，二人整天吵架，最后她威胁说，如果祥哥再不戒赌，她就拉着祥哥一起跳楼，同归于尽。一番软硬兼施之后，最后用眼泪攻势说服了祥哥。

祥哥的前三段婚姻都不长久，这第四任老婆比他小二十来岁，叫洪金梅，据说是在一个歌厅里相识的，那时候祥哥也老了。1965年，新马师曾快50岁的时候，开始与她同居。老男人通常都比较听女人的话，他前面三任老婆其实也都劝过他戒赌，可是他不听，娶到第四任老婆时，他已经过了50岁，变得比较服帖，也就答应戒赌，摇身一变成了赌场股东。

新马师曾的前三任老婆，第一任叫梅丽芳，二人因性格不合以离婚告终；第二任梁天天，29 岁就患肺病去世了；第三任的名字很有意思，叫赛珍珠，也是戏班里的人，和他结婚生下三个小孩后，也离婚了，据说是因为一方出轨。他和洪金梅于 1965 年同居，1992 年结婚，整整同居了 27 年才真的结婚。他们结婚时香港 TVB 还为他们做了一档节目，讲的就是两个人的爱情长跑故事。婚后他们生了四个小孩，两个儿子，两个女儿。

祥哥还有一个外号叫慈善伶王，香港那些年流行做慈善，TVB 和东华三院合作，每年举办一次名叫"欢乐满东华"的慈善晚会。晚会邀请不同的艺人来表演，然后筹款捐给香港的医院做慈善。后来华东水灾，或是香港发生其他灾害时，他们也会举办类似晚会进行筹款。慈善晚会新马师曾从不缺席，每次都会出来表演唱歌，有时还会讲大道理，号召大家一起做好事等等，他因此获得了"慈善伶王"的外号。

前文特别强调了他有四个小孩，是两对儿女，为什么讲得这么具体呢？因为就在新马师曾去世前一年，他们家发生了一件轰动香港的新闻，就是"邓家争产事件"——新马师曾还没去世，四个小孩就开始同妈妈争产。洪金梅来自大家庭，兄弟姐妹众多，彼时她的几位哥哥与四个小孩站在同一阵线，她又和另外的弟弟站在一处。两方互相臭骂，甚至有踢门等暴力行为，发生了轻微的流血冲突事件，经常需要警察去维持秩序。90 年代末香港媒体特别八卦，常有电台节目主持人在介绍影视演员时，添油加醋评论演员私生活、不孝顺等等。面对"邓家争产事件"，媒体各说纷纭，有说儿子不对的，也有说妈妈的，吵成一团。后来竟有某些电台节目主持人还因为插嘴太多而被老板炒鱿鱼，这件事一度成为社会上蛮好玩的闹剧。

更荒唐的是，他们的官司打了将近十年，最后判母亲那边输了。据说新马师曾在1997年去世前已经把若干财产转到第四任老婆名下了，法院裁决后，虽然母亲也有分到钱，可是大部分财产还是回到了四个小孩手里。

该争的都争了，该分的都分了，那后来他们怎么样了呢？居然讲和了！大家争吵的关键理由没有了，就又冰释前嫌，一起牵手、逛街、饮茶，甚至在洪金梅61岁生日摆寿宴时，几个小孩还蛮像样地出来向妈妈贺寿。香港有特别多这种争产的官司，也蛮好玩的。以后一定要有人把新马师曾和他一家的故事搬上银幕，改为小说也不错。他的几个儿子过得也很精彩，大儿子叫邓兆尊，偶尔演电视剧、电影，演的是丑角。演了没几部后就息影了。不过这几年他被曝出桃色丑闻，面对媒体的八卦，他自己大方地承认现在有三个女人和他一起生活，但都没有结婚，甚至有时候四个人还能凑一桌，一起打麻将。

新马师曾的低潮时期反而是在去世之后，毕竟再怎么老派的人闹出家庭争产的新闻还是没面子的。他这一生，只有童年时过得比较辛苦，但10岁左右就大红了，一辈子过得其实是蛮顺利的。1977年，他还拿过剑桥大学和牛津大学的荣誉艺术博士，1978年英国女王伊丽莎白二世还给他颁过大英帝国章员佐勋章。他获得的荣誉终其一生，当然他也替社会做了很多贡献，不然的话就不会被叫"慈善伶王"了。

这是新马师曾的故事，我们期待看到他的生平，他的家族喜剧、闹剧搬上银幕。

阅读小彩蛋

我们来讲马师曾的名句好了,他花了很多心思去开创粤剧的表演艺术,他公开讨论过说:近年来,中外交通多么便利,生活变迁多么剧烈,可我们伶人依然死守着场口、演唱的老例子、模式化的背景图案,怎么可能不一败涂地呢?所以我们必须要改革,一方面保存粤剧的精华,一方面也要改良,采他方之长,发扬之,这样才有效。我觉得求新求变的精神不仅在粤剧艺术之中,还在时时刻刻的日常生活里。虽然是老生常谈,可是由粤剧大师马师曾讲出来就是不太一样。

记住这是马师曾讲的话,不是我们这一篇讲的新马师曾。如今马师曾、新马师曾都过去了,粤剧处于低潮,唯有香港西九龙文化区有个中国戏曲中心,希望它可以给粤剧带来一点新的希望吧。

邵洵美：慷慨的悲情诗人

邵洵美是我很羡慕的人，我羡慕他什么呢？羡慕他贵族的背景，也羡慕他浪漫又豪爽的性格。也因为此，他一生都过得很丰富，多姿多彩。但不幸的是，他在历史关口里的一些错误选择，使他晚年承受了很悲惨的遭遇。当然，大时代里的悲惨不只针对他一个，可是对这一位天性大方爽朗的贵族美男子来说，他的悲惨更让人同情。

邵洵美祖父是晚清大臣邵友濂，父亲是邵友濂的第二个儿子，母亲是晚清大臣盛宣怀的四女儿。但邵洵美的父亲很早就去世了，他被过继给了伯父，跟着伯父长大，伯父的前妻是李鸿章的女儿。这样说来，他不仅是富三代还是贵三代，父辈们都是晚清大臣——邵友濂、盛宣怀、李鸿章，邵洵美就是在这样的背景下出生成长。

他原先叫邵云龙，这个名字非常大气，后来为什么改为浪漫的"洵美"呢？除了因为他本身爱写诗，喜欢绘画之外，更重要的原因是他追求浪漫。他娶的太太叫作盛佩玉，是盛宣怀家里的后人。邵洵美看到《诗经》里面有一句"佩玉锵锵，洵美且都"，他非常爱这位太太，就为了太太改了名字，她叫佩玉，他就改名洵美。

他后来写文章、做翻译还有很多不同的笔名，可是大家都习惯叫他邵洵美邵公子。邵公子家财万贯，因为外公盛宣怀是晚清中国十大富豪排行榜上数一数二的人物，去世之后留下了很多财产。他咬着金筷子出生，在上海圣约翰中学读书，后来读完南洋路矿学校，就出国留学了。他10岁左右与盛佩玉认识，出国以前已经彼此认定了对方。盛佩玉比他略大一岁，等于是他的表姐。用现代概念来说，他们不算近亲但也是门亲戚，所以他和盛佩玉结婚算是亲上加亲。

邵洵美活到1968年，终年62岁，命不算很长。他18岁去剑桥大学，旅途中不断给女朋友佩玉写明信片、写信，上面写了很多浪漫的诗。他在剑桥大学读书交往了很多人，例如徐志摩、郁达夫、张道藩等，后来还去了巴黎游学，一直到家里发生变故他才回来。家中发生了什么事情呢？是他老家有一块地失火，烧了好多房子，家里的经济一下吃紧，加上长辈们都希望他赶快成亲，于是他就回来了，之后也没有继续回去读书。就这样他同佩玉姐姐结了婚，展开了他文艺的一生。

邵洵美回国时还以为只是暂时离开英国，走之前同教授谈了这件事情，教授让他放心回去，只要半年内回来，原先的学分都被承认，可以继续修得学位。但是后来因为种种缘故，他再也没有回去，放弃了学业，非常可惜。不过那时候许多人追求的是纯粹的学问而不是学位证明，想必邵洵美也是这样考虑的。

回国后，他自己写些文章，因为从小就学英文，英文很好，所以也做翻译。20世纪30年代，徐志摩邀请他加入当时是新文艺浪潮重地的新月书店。他编辑了新月杂志和诗刊等等，后来他又自己出钱出力，创办了《时代画报》《时代电影》《文学时代》等众多杂志，其中还包括在30年代颇有影响力的杂志《论论语》。

他的故事很多，在留学的时候，身为富家公子的他有一个外号叫"活银行"，这是说他钱多又豪爽。当时世界动荡，法郎等货币都在贬值，他家里直接给他寄金条，随着金条不断升值，他的钱就越来越多，多得花不完。他拿着这些钱吃喝玩乐，买书消遣，谁向他借钱，他都二话不说就把钱塞出去。他大方到什么地步？当时有留学生缺钱向当地中国大使馆求助，大使馆不是自己想办法帮助他们，而是把他们通通推给邵洵美，让他们去找邵洵美借钱，并承诺他一定借。邵洵美出手非常阔气，常常借钱给别人，但不要求别人如期偿还，借出去的钱十笔有九笔都没有还回来，他极少开口向别人讨要，只要过一次，却给他惹出了很大的麻烦，带来三年的牢狱之灾，那已经是到中年之后的事情了，与一位美国女人有关系，等一下再说。

作为"活银行"，他有一个性格特点，就是大方不贪财，看重名誉。邵洵美觉得清誉和朋友最为重要，他常说：**"钞票用得光，交情用不光。"**就算他自己落难，手头拮据，若有朋友或文学团体、报馆缺钱向他借用时，他仍会把祖上留下来的字画、翡翠手镯等古玩拿去当了钱，送给他的朋友。虽然名义上是借，但是他心里都知道钱是追不回来的。

我们可以从一次出差看出他的人品，他曾经代表当时的南京政府去美国购买一些摄影器材，通常做这种事是有油水勾当的，按照行规一般会抽15%回扣，比如100万就可以拿15万回扣。可是他不仅不贪这种不义之财，反而尽力讲价压价，因为他觉得不应该占国家的便宜。他因为是贵族出身，所以日常生活开销很大，出差的时候往往还要自己家里补贴，叫老婆从中国寄钱以应付他的日常开支。因为他卓越的人品，所以他在一趟美国之行中获得了很多人的尊重。他还见到了幽默大师卓别林，和他谈生意，虽然没谈成。卓别林说：没关系，生意没谈成，但还是好朋友。

那一次的美国之行还发生了一件事，非常有意思。邵洵美在中国的时候交往过一位美国女朋友，中文名字叫项美丽，前文还专门有一篇讲她。后来二人交往同居，一起做翻译、办出版，盛佩玉也承认了项美丽的存在。项美丽最终因为战争回了美国，并且同以前的男朋友结了婚。

邵洵美这次美国之旅是发生在40年代战争后期，当时他找到项美丽和她老公一起吃饭，据说项美丽的老公还开玩笑说：邵先生不好意思，你老婆在我这里，我替你照顾了几年，现在还给你吧。邵洵美也用玩笑话来回应说：我今时不同往日了，已经没有能力再照顾美丽了，所以还是拜托你继续照顾下去。就是说做不成夫妻也可以做好朋友，人与人的关系都是缘分。

那一次在美国的重聚，让他发现项美丽一家生活拮据，经济紧张。他一向非常大方，更何况是面对自己的旧情人，于是他马上找了一位在美国的朋友借了1000美元送给项美丽。因为不愿意欠朋友的钱，他就将珍藏多年的邮票卖了一部分，以凑足1000美元还给朋友，然而就是这一次留下了祸根。1949年之后百废待兴，邵洵美与老婆盛佩玉也几乎山穷水尽。50年代中期，他的弟弟在香港生病，亟须资金救助，当时邵洵美靠翻译和写作生活，在人民文学出版社做编辑，每个月拿着200块的工资，根本没有钱帮助弟弟。这时刚好有位朋友来到上海，在朋友的提醒下，他想起当时借钱帮助过项美丽。他又辗转打听到项美丽现在经济条件还不错，靠收版税生活还算比较充裕，就打算向她要回之前的1000美元，用来给他香港的弟弟看病。于是他写了一封英文信托朋友回香港寄出去，后来不知怎么回事，那位朋友走了没几天，邵洵美出门就发现不对劲——他走在路上总有两个便衣跟在后面，回家也有便衣守着门口。他知道一定是出了状况，果然后来在反右运动中，他被找去问话、调查。

邵洵美的女儿写过一本书谈她爸爸，叫《我的爸爸邵洵美》，里面写了这件事的细节。她说，那时有位姓苏的掌权人来找他，要他交代这封信是怎么回事。在那个年代擅自与外国通信，还谈到钱，是非常危险的，容易被人说成是特务。他们怀疑邵洵美结交外国势力，有反华的意图，就要他好好交代。可是邵洵美却说他暂时不能交代，不是因为他不想交代，而是他有工作着急做完。他答应了出版社要尽快翻译好手头的一本书《理想的丈夫》，而且他急着拿到稿费，生活需要这笔费用。他担心当下就交代的话会没完没了，战线拖得很长，没有办法按时交稿，所以邵洵美答应掌权人一翻译完书就好好交代。可是掌权人不断逼他，说这是为了他好，再不交代可能就没机会交代了。可是邵洵美是硬性子，仍是坚持要赶完稿再去交代，就这样一拖再拖，最后掌权人也没有办法，就把邵洵美抓了，判了刑，罪名是外国特务。邵洵美无论如何也想不到，当年美国之行对于老情人的慷慨竟然给自己带来了三年多的牢狱之灾。

坐牢期间，他碰到另外一位文学理论家贾植芳，他们被关在同一间牢房。贾植芳后来说，在牢里邵洵美特别交代他：万一他熬不过去，有两件事情他一直耿耿于怀，请贾植芳一定要替他去澄清说明。一是1933年萧伯纳曾经来上海访问，当时的中国笔会邀请了很多作家名人参与饭局，可能当时经费不够，没有为萧伯纳提供招待。是他邵洵美二话不说又订了一桌菜，宴请萧伯纳，为中国笔会挽回了颜面。当时出席饭局的还有鲁迅、林语堂、蔡元培。可是活动结束后，新闻界报道这件事情时完全没有提他的名字，他希望可以重新为他正名。另外一件是他想澄清鲁迅对我的批评，这些批评杀伤力太大。

鲁迅的性格很严肃、很古板，我们完全可以猜到他一定很不喜欢邵洵美这种开朗大方的人，坦白地讲可能心里还有点嫉妒这位有钱的文青。鲁迅写过一篇文章讽刺邵洵美，说他不学无术，靠着娶了位有钱老婆，就安心当贵族的乘龙快婿，还通过钱来炒作自己的名气等等，甚至影射邵洵美写的诗和文章都是花钱请人代笔的，总之是对他狠狠地挖苦了一通。邵洵美对此完全否认，他告诉贾植芳，所有文章都是自己亲笔创作的，从未找人代笔，这件事一定要还他清白。他说：贾植芳老弟，你比我年轻，身体又好，总有一天会出去，这两件事你要替我写文章说几句，否则我就死不瞑目了。后来贾植芳过了很多年后把这件事写出来，算是对邵洵美的平反。

1949年社会发生了天翻地覆的变动，许多人的命运就在转瞬间发生了改变。虽然家财已经尽数散去，但总归瘦死的骆驼比马大，邵洵美手上还是有些钱的，他大手笔从国外购入了一台新的印刷机，开始做出版社。鉴于社会形势，当时胡适等人都劝他带着机器去台湾发展，可是他拒绝了，还是留在大陆继续做他的文化事业。他自有他的判断，留在原来的地方——上海，而没有去台湾。假如他当时做了不一样的选择，或许后面的生命道路就完全不同了。

50年代初，周恩来还亲自找人与他商量，看他能否把手上的机器捐出来给国家发展文化事业，他欣然答应。他真的是非常大方，全都捐出来了。他这样大方的人，却在很多人心中没有留下好印象。这是因为鲁迅批评他的文章，直到现在，还被很多学校收录，供学生阅读或参考。收录的材料里面只有讽刺邵洵美的文字，却没有附注替他澄清的词句，再加上老师教授鲁迅文章的时候，也会讲解哪里是在影射邵洵美，所以直到现在，在一些人心中，邵洵美的坏名声依然没有被澄清。

因为这些前因，所以他一直在工作分配上面遭受不太公道的对待，例如与他同辈的人会被分配到待遇比较好，且能发挥自己能力的岗位，可是他却只能继续做翻译、当编辑、看稿、写稿，当然他贡献也很大，可是在待遇方面就非常吃亏了。

到了60年代因为政治风波，邵洵美经常被要求开批判会，有时候是批斗他，有时候是要他批判别人。一个把友情看得那么重的人，却被逼得要批判朋友，他当然是心如刀绞，更何况他自己也要面临批判。到了1968年，他的一些朋友受不了无休止的批斗就自杀了，他非常难过，特别是他听到其中一位朋友王科一的自杀消息后，他再也支撑不住了。他年轻的时候与情人项美丽抽过鸦片，现在不知道从哪里弄来了鸦片精，又重新吃了起来。他本来患有哮喘、咳嗽及拉肚子的毛病，于是他对家人说，他要通过吃鸦片来缓解咳嗽和拉肚子的症状。其实大家都明白他是要选择结束生命，因为他还患有心脏病，这样做只会加重病情。后来他女儿的回忆录中提到，那时邵洵美连吃了三天的鸦片，儿子非常反对，他就对着儿子笑了一笑。再过了一天，邵洵美去世了。

我觉得很悲哀，因为这样一位一辈子都在追求浪漫和美感、追求爱情和友情的人，最后的下场是什么都没有了。一个这样仗义慷慨的人有这样的下场，能不悲哀吗？这就是邵洵美的故事。

阅读小彩蛋

1936年，邵洵美在一首名为《你以为我是什么人》的诗里写道："你以为我是什么人，是个浪子？是个财迷？是个书生？是个想做官的或许不怕死的英雄吗？你错了全错了，我是个天生的诗人。"

我为邵洵美的遭遇感到非常悲哀。文中没说他到底是怎么个英俊法，这里补上。他鼻子很高，轮廓非常挺拔，下巴长长尖尖的，有人说那是一个完美的希腊型的鼻子，真是非常英俊的诗人邵洵美。

黄霑：潇洒自风流

"浪奔，浪流，万里滔滔江水永不休。"这是红遍了大江南北的电视剧《上海滩》的主题曲，这部剧让周润发成为超级明星，也让这首主题曲红了起来。这首歌主唱是叶丽仪，填词人就是这一篇要谈的人物——黄霑。

黄霑，填了好多歌曲的词，比如《上海滩》《沧海一声笑》等，20世纪70年代、80年代很多很红的歌，都是他填的词。黄霑跟顾家辉合作比较多，通常是顾家辉写曲、编曲，黄霑写词。其实黄霑多才多艺，填词、写曲、唱歌、演戏、当导演，还写专栏，写了无数的杂文，虽然说百分之九十都是乱写的。他还是广告人，写了很多广告。人们常说的"香港四大才子"，就有黄霑，其他三位是蔡澜、金庸、倪匡。

了不起的风流人物黄霑，是我的长辈，跟我爸认识。我见过他好多次，也在电台节目访问过他。到现在我还记得聊天的时候，只有他讲的份，我都是听。而且他讲话，没讲几句，就哈哈哈哈笑，是非常开朗的人。可是因为肺癌，他去世的时候才63岁。

他于1941年出生在广东省广州市番禺区，2004年去世。他生前抽烟很凶，有时候一天三包，后来一天两包，也试着戒烟。我记得他戒烟之后，有一次饭局，他跟我要烟。我说，你不是戒了吗？他回答我说，是啊，我戒买，不戒抽。过了不久，就传出他患肺癌的消息，我还是耿耿于怀的。不知道是不是因为我给他的那根烟，成了他肺癌的引爆点。

黄霑出生在广东，小时候在广东读书，八九岁跟着父母亲来到香港，那时候很穷，住在深水埗区。可是他很聪明，刚开始在普通小学念书，后来考进了香港大学。当时香港大学是精英大学，20世纪60年代，每一年的学生只有100人，都是香港尖子生中的尖子。广东话叫"叻仔"，就是聪明的人。

他在香港大学读中文系，追求他的中国传统文学，也学音乐。其实他很早就开始学口琴，也经常表演，后来音乐、话剧演出都来找他。大学毕业后，他此前的各种积累就逐渐爆发了。他的好朋友李雪芦先生，也是电视界、广告界教父级别的人物，曾经写了一整本书谈他，书名是《黄霑呢条友》。"呢条友"就是粤语里的俚语，是粗俗的话，意思是这个家伙、这个人。李雪芦写了很多跟黄霑交往的小故事，说黄霑是个兼差王，粤语叫"白足"，意思就是好像蜈蚣一样有很多脚，什么都要碰，停不下来。黄霑在电视台工作也好，在广告公司工作也好，都要同时兼很多差，替不同的电台做配音、主持，然后也同时填词，写专栏，一天写四五份报纸的专栏。有时候他一边跟你聊天，还一边把稿子摊在桌上写，一边抽烟。

所以，我刚刚才说，他有很多文章是粗制滥造的，无可否认。可是并不影响里面有很多趣味文章，因为他就是一个有趣的人。除了文学底子好，填词好，写文章好，黄霑还很渊博，把很多冷门知识都写出来了。他毫无禁忌，写了很多情色故事。虽然很多故事都是从《花花公子》翻译改写的，可是他能把它们本土化、中国化。

黄霑也因此有了一个外号——不文霑。不文，就是不文雅、不正经的意思。他一开口，一句话里夹着八九个不文明字眼。可是也奇怪，我做电台访问他的时候就问他：你平常讲话那么多粗口，为什么一做电台就能控制住，没有暴粗？他说：这是因为专业的习惯，一开口主持，电台也好，舞台上的主持工作也好，就不讲脏话了。除了有一次他在主持TVB的节目时，突然骂了一个脏字，那个脏字是国骂的脏字，还连累电视台被罚款了。

他的一生真的是多姿多彩，当然，他的爱情故事也是。他娶了一个歌星老婆，华娃。后来老婆怀孕，他跟林燕妮交好，在老婆怀孕的时候离婚了，事情闹得不可开交。后来跟林燕妮谈恋爱，十多年后，还是分手了。据说也是因为他劈腿，他跟他的女助手好了。

和林燕妮分手时，闹得满城风雨，黄霑有点发疯，在公开场合说：林燕妮我爱你，我离不开你，你不可以离开我。还跑去林燕妮家里闹，闹了好几回，甚至闹到警察上门。我猜是因为黄霑喝醉酒，控制不了。黄霑还写了一段对于林燕妮的爱的宣言，印出来，在香港九龙新界到处贴。

假如是现在，我猜黄霑就会买闹市里的广告位，用电子告示牌把"林燕妮我爱你"显示出来。有一次电视台把一个填词的成就奖颁给他，他领奖时公开说，我这个奖要献给林燕妮。不过，林燕妮理都没理他。

黄霑一生做过很多事情。大学毕业的时候，由于是天主教徒，他到中学教《圣经》。后来他竟然从自己的信仰里跳了出来，过着豪放甚至放浪的一生。他教完书后，还做广告公司。20世纪60年代末到70年代初，香港从外国进来很多广告公司，他们招聘中文顾问，他就帮忙创作中文广告。后来他跟林燕妮合办广告公司，取名"黄与林"，也就是两人姓氏。后来"黄与林"被外国广告公司收购了，财产的分割也成了两人分手时争执的焦点。

他跟林燕妮创作了很多家喻户晓的广告。比如香烟的广告，宣传用语是：由头到尾都这么好味道。从头到尾都这么好，朗朗上口，很简单，一句话就点到了。比如他在20世纪70年代替香港的家庭计划指导会写广告语，鼓励大家避孕、节育，就写了几句歌词，其中最重要一句就是，"两个就够了，不要第三个。"

还有一个广告语到今天还适用，是一个白兰地的广告语，叫"人头马一开，好事自然来"。不要以为一句广告语就让这个品牌的白兰地打开销路，完全领先成为冠军，其实背后还有故事。黄霑那个时候在广告公司，除了创作宣传语，还要参与策划，甚至主导整个市场的安排。他除了这一句厉害的广告语创作外，还做了很多市场调查。第一，他说服白兰地的生产商，把白兰地的瓶子从以前的透明玻璃改成了砂樽材质，产生一种朦胧的高贵感。第二个策略就是在商品的流通管道上下功夫，派人去跟所有大酒楼谈判，多给他们折扣，让他们把人头马放在饭桌上，特别是当人请客、结婚、庆祝生育的时候。就这样，让人头马成为香港人请客必点的酒，产生只有用了这个酒才算尊贵高档，才算尊重大家，才够气派的感觉。第三个就是打广告，用几乎双倍的价钱，在当时TVB黄金时段打广告。广告不仅有硬广，还有软广，他跟TVB商量，在很多电视剧、节目里，只要场景牵涉到吃饭玩乐，就会拍到几瓶白兰地，让这瓶酒不知不觉进入观众的脑子。真的是天罗地网、无所不包,让你逃不开这个酒。

这是很经典的广告行销个案,经常被提及。当然,还有其他很精彩的案例,比如给可口可乐创作了口号叫"认真好棒,可口可乐最好"。当时有一句耳熟能详的歌词是"不仅是汽水这么简单",香港人那时爱喝汽水,而维他奶到底是奶,还是汽水?黄霑公司就出了这样一句宣传语:不仅是汽水这么简单。

黄霑,在广义的文化界、创作界,都有非常亮眼的创意作品。所以,我年轻的时候的偶像,除了台湾作家李敖以外,另外一个就是比较接地气的黄霑,我觉得他多才多艺,会创作,有创意。广东话这样的特点叫"吃脑",不要吃力,毕竟新界的牛耕田都很卖力,可是最后还是吃苦,还被人家宰来吃,而"吃脑"就不一样了,可以很快赚到钱。这是黄霑所代表的那个时代,一个新的资本主义城市兴起后,那个经济体系里的价值观就是要动脑筋,百无禁忌,中西合璧。当时,很多歌都是英文歌或粤语歌,他还填上中文词,夹杂着很多方言。黄霑做人很潇洒,结婚、离婚,闹得满城风雨,表现得疯疯癫癫的,甚至粗口满嘴,有时候也不顾形象,牙齿黄黄的,抽烟抽得太凶了,穿衣服来来去去那几套,头发也不梳。可就是如此,他也成为我成长年代的模范。我当时开始喜欢写作的时候,还很羡慕黄霑,因为他的书好卖,可以收版税。

我记得有一次我跟几个发小吃消夜,就说我要学黄霑,写个东西,收好多版税。他有两本书,一本叫《不文集》,里面有两三百字的杂文,在20世纪80年代末期,给他带来了100万港币的版税,让我很羡慕。在我看来是乱写的、搞笑的一本书,赚了100万。还有另外一本，也给他创造了很高的版税，叫《数风流人物》，就是他访问各行各业的好多精英整理出的文章，先在杂志刊登，后来出书也非常畅销，让我忌妒。我还跟我朋友说，你看他写个《不文集》，写个《数风流人物》就够吃了，有了钱，就有了自由，所以我那时候很想成为"黄霑第二"。不过当然不行，我没有他的豪放性格，没有他的才气。

说到黄霑的杂文很短，我就想起有一次跟黄霑通电话，还把他惹火了，被他骂了，他没有直接骂，反正听得出很不高兴，数落了我几句。我当时替一个台湾的出版社找一些香港作家出书，就找到了黄霑。台湾出版社总是强调文艺腔，觉得黄霑的文章太短，太零散，就问他能不能写长一点，或者是改长。我就把这个建议讲给他听，他就不高兴了，电话里很严肃地说，写文章那么长，有什么用，文章一定要短，两三百字写完，表达清楚就行了。

我那时候愣住了，因为我当时才二三十岁，还是个不老不小的文艺青年，觉得写文章要认真点，长一点，所以我心里不以为然。到现在，我还是认为黄霑不对，你当然可以写得短，可是不表示文章一定只能短，可能他当时就是嘴上不肯服输，不肯饶人。他本身有很深的文学造诣，《红楼梦》都能倒背如流。黄霑这个"霑"字是笔名，也跟《红楼梦》有关系。《红楼梦》作者曹雪芹，也叫曹霑，黄霑就用了这个"霑"字做笔名。后来大家都知道"黄霑"这个名字，其实他本名叫黄湛森。

他也经常闯祸，比如他曾经在公开场合主持颁奖礼就说，"徐小凤，你怎么又老又骚。"意思是说，你这么老就别这么风骚了，徐小凤马上黑脸，场面非常难看。还有江湖传闻，也是黄霑自己说的，冒犯了大哥成龙。好在旁边的人尽量打圆场，最后以黄霑喝了好多威士忌而收场。

这样一个放浪才子，有很多有趣的故事，下一篇谈到林燕妮的时候，也可以讲一下他跟林燕妮交往时的各种豪放故事。

黄霑后来得了肺癌，刚开始治疗了一下，后来他觉得太痛苦，放弃了。最后公开路演开了个记者会，提醒大家别抽烟，不要像他一样，落得这样的下场。他去世时才63岁，没办追悼会。可还是有好多香港人，比如他的朋友施南生等，在香港一个大球场，给他举行了几万人的追悼活动。

阅读小彩蛋

因为我长了一张马脸，年轻时，整天眉头深锁，明明心里没有不高兴的事，但在别人看来，就觉得马家辉皱着眉头好像不高兴的样子，因此不喜欢我。黄霑也看到我这个毛病，有一次我们吃夜宵，就教我，让我每天起来对着镜子大笑十声。他说，你要强迫自己笑，假笑也要笑，到最后，你就会弄假成真，你的五官也会张开，整个脸容就欢乐了，别人就会喜欢你。经过几个月，弄假成真，你就不会再整日眉头深锁，苦口苦面。

这是黄霑教我的方法，你们觉得我做到了吗？当然没有，我认命了，我就是眉头深锁，没有办法了。

最后再多说两句，黄霑四五十岁的时候，有一个香港很出名的算命家给他算一辈子的命数，比如几岁做什么事，几岁发财，几岁破产等等。他说准得不得了。可是命数里也说，他过了六七十岁，命会更好，会有一个高峰。结果前面的都准，但到了63岁，他就去世了，根

阅读小彩蛋

本没有后面的高峰,毕竟连命都没有了。

所以生命就是这样,可能真的有命有运。你自己选了你的路,每天抽两三包烟,用这种方法来折腾自己的肺,到最后也是所谓的求仁得仁。这也是黄霑留给我们的另外一个教训。

林燕妮：纸稿上洒香水的浪漫才女

林燕妮一辈子写了很多小说、散文。那个年代没电脑，都是用稿纸来写的，稿纸也不是普通的稿纸，而是紫色的，有时候是粉红色的。写完稿，她还会喷上一点香水，再把稿子寄出去，或交到报社编辑的手上。这种动作，表示她心中永远在追求一个浪漫的梦。生命中一切都要是香的，美好的，繁华的。这是林燕妮的选择。请注意，我没有说这不好，这是她的选择，而且她很有勇气，在她的能力许可下，追求她心中的梦，这就是林燕妮给我们的启发。

我以前用稿纸写稿子，上面也有味道，是我喝的咖啡的味道，或者雪茄的味道，有时候不小心有口水、汗臭味，也会留在上面，跟林燕妮刚好相反。我猜跟她谈过轰烈恋爱的黄霑，稿纸也跟我一样，臭气熏天。

繁华盛世里的代表人物，林燕妮绝对是其中一个，而且是在香港这种独特的时空之下。林燕妮家里很有钱，出生在 1943 年，2018 年因为肺癌去世。说起来她有些不幸，家里的基因不太好。她父亲心脏病去世，母亲也心脏病去世，都是人到中年。几个兄弟姐妹，也年纪轻轻就去世了，反而林燕妮还能撑到 70 多岁，算是值得感恩的地方了。

林燕妮有两个弟弟，一个妹妹，一家共四个小孩。她排行第三的妹妹，1981年因淋巴癌去世。弟弟李振强是很出名的填词人，还出版过漫画《洋葱头》，2003年也因淋巴癌去世。另一个弟弟李振刚，同一年内也因淋巴癌去世。林燕妮在2010年左右患淋巴癌，可是最后把她带走的不是淋巴癌，而是肺癌。她应该也抽烟，可是跟黄霑没得比，黄霑一天两三包烟。

林燕妮长得漂亮，很会打扮，也爱打扮，可算风华绝代。她一生追求浪漫，也是一个很上进、很争气的女人，是女性主义者的代表。她很用功地读书，在美国伯克莱大学读工科，拿的是遗传学学士学位。后来，回到香港大学读了两个硕士，中国文学硕士和中国古典文学硕士。

毕业后，她在电视台当过新闻编导，也播报天气，做节目主持等等。后来她成名了，写作，也参与电视的演出，演过电视剧《红楼梦》里的秦可卿，角色很像她本人，性格刚烈。

作为一个追求浪漫的女子，林燕妮很年轻就开始谈恋爱。20世纪60年代，二十来岁的林燕妮和李忠琛结婚。李忠琛是李小龙的哥哥。两人婚姻维持了六年，生了个小孩。小孩她没怎么带，都是长辈们带的，长大之后才比较亲近。

离婚后，她没有再结婚，而是周旋在不同男人身边。20世纪70年代，她跟黄霑有一段轰烈的爱情，两人还一起创办广告公司。有一个女人吃的补药的广告词，叫"女人不补好易老"，朗朗上口，铿锵有力，就是她创作的。

她跟黄霑交往的时候，黄霑是有老婆的，而且老婆还怀着孕。

可是黄霑为了她离开了老婆，跟她同居。后来有一天晚上，他们一群人在金庸家吃饭，黄霑喝了酒，就向她求婚。金庸作为证婚人，写下一张纸说：我要娶她，我们结婚了。在黄霑眼中，这就是婚书。可是林燕妮一直不承认，他们也没有真的在婚姻登记处注册。

后来据说因为黄霑又出轨了女助手，林燕妮性格这么刚烈的女人，当然受不了，就分开了。据说在财务上，两方处理得不是很高兴，各有说法。黄霑说，当时他们分手后，房子都给林燕妮了，他自己什么都不要。他们两人创办的广告公司被收购，钱他也没要。所以黄霑负债上千万港币，拼命填词、拍片做导演赚钱才还清。林燕妮的说法刚好相反，说黄霑的钱都没分给她，他都拿走了。一讲起这个事情，林燕妮就很生气，觉得黄霑辜负了她，不仅是因为爱情，还因为财务问题。

1997—1998年，我在香港的报纸负责副刊作策划编辑，林燕妮很想在《明报》副刊写专栏。她以前在写的专栏非常红，可是我没有找林燕妮写。有一次林燕妮看到我在文章里提到黄霑，就打电话来骂我说，马家辉，我明白，为什么你不找我写专栏。原来你跟黄霑这么熟，你一定是听黄霑说了我很多坏话，所以才没找我。我说冤枉，我是黄霑的晚辈，我怎么可能跟他问你们爱情关系破灭的细节。她不听，挂了电话。后来我还是找她写了文章，倒不是因为被她骂找她，而是从编辑的角度。

林燕妮写小说好不好，很难说，可是写几百字的杂文是好看的。因为她见识很广，在宴会里成长，是第一代的香港晚会皇后。她的衣服，几乎从来不穿第二次、第三次，而且她也很舍得花钱买。据说在20世纪80年代，她曾花了100万港币买一件毛裘大衣，而且叮嘱那个店员千万不能泄露出去。可纸包不住火，毕竟100万港币在20世纪80年代可以买几套房子了。后来到50多岁，她整张脸看上去就是经过加工、加工再加工的，可还是漂亮、高贵、香艳，穿得也非常性感，很吸引人。

林燕妮的谈吐很幽默，知识广博，是很有意思的才女。不然的话，也不能让放浪才子黄霑这么深情。据黄霑先生的好朋友李学儒先生回忆，他们刚开始交往的时候，黄霑真的发疯了。李学儒说，黄霑有好多次都这样，一上车就跟他讲，坐40多分钟的车，全程都在赞美林燕妮。黄霑跟李学儒说，林燕妮好靓，我从没见过这么靓的人，又高又白，真的好靓。他还强迫李学儒承认林燕妮漂亮。林燕妮英文好，在香港没看过女孩英文这么好，而且中文也非常好。同时，性格还有点发疯。明明李学儒对林燕妮没有任何意思，黄霑会突然警告李学儒：我警告你，你要有义气，不可以打她的主意，她是我的。我们在上一篇讲黄霑说过，他们分手后，黄霑还把爱的宣言贴在全香港街头想挽回。

黄霑在很多杂文里也写过林燕妮，写自己怎么追林燕妮。有很多人追林燕妮，黄霑就用一个方法来出其不意。比如林燕妮跟他说，晚上某个公子约了她在哪里吃晚餐，黄霑就故意很大方地开车送她去。然后花钱请人买花、买小礼物，在林燕妮跟别的男人吃烛光晚餐时，突然送过去。为什么要这样？就是泼冷水。女人收到花的时候，当然很开心，这样可以让请林燕妮吃饭的公子知难而退，至少觉得没趣。黄霑就是用这种方法来追林燕妮的。

林燕妮跟黄霑爱的时候很爱，恨的时候很恨，像她自己说的，一辈子对于不同的男朋友，不同的关系，有不同的感觉。黄霑是让她非常伤心的，她觉得跟黄霑谈恋爱很对不起自己的妈妈，让妈妈很难过，因为她当了第三者，到最后黄霑还出轨了。

跟黄霑分手后，1992年到1996年左右，林燕妮身边出现了一个男人，是一个姓戴的美国华人建筑师。两人以前在加州大学是同学，他们一起去舞会，林燕妮很懂做人，永远让男人讲话，让男人感觉自己很有尊严。

可是两人交往了五六年就分手了。有一天男方突然跟林燕妮说，我要搬走了。林燕妮问为什么，男方就说：每天我起床，你在睡觉。我出去散步回来，你还在睡觉，我只好到书坊工作。你去舞会，我又不想去。简单来说，就是相处不来。

这样的男女关系很奇怪。她不是第一天这样，你追她，跟她交往时，就已经是这种生活习惯。你现在突然说受不了，不爱了。爱的时候，什么都好，什么都可以。不爱了，就不行了。到底是不爱了，所以不行，还是实在受不了这种生活形态，才变得不爱？很难说。林燕妮觉得这个男人不应该为了这种理由走，很难过，伤心了十年。

林燕妮跟她的前夫李忠琛还是朋友，毕竟他也是儿子的爹，大家还经常跟李小龙在一起玩。这很有意思，林燕妮曾说，她的遗愿是好好谈在她生命中出现过的男人们。她的遗愿未了，可是假如林燕妮真的要写这本书，也很累，这本书一定很厚。因为林燕妮一辈子交往过76个男朋友。

她虽然没有全写，也写了不少。她到去世的时候，还在《明报》写专栏。《明报》副刊有两个很重要的专栏：一个是右上方的头牌作家，马家辉；另一个是左上方的头牌作家，林燕妮。林燕妮每天写几百字，很多时候写的都是她年轻时交往的男朋友，谁追她，怎么样不理她，嫌弃她的那个男方等等。

坦白讲，有时候我觉得怪怪的，可能是一种偏见。就是不管男女，你到了很老的时候，还在写几十年前哪个小男生追你，写来写去几百个男人。除非你写得很深刻、很独特，不然的话，就是写自己的风流往事。这些事除了让大家知道，我当年也有好多人追以外，还有什么意义呢？

她写过一些爱情小说，短篇、中篇都有。据她说，金庸曾说她是中国现代散文写得最好的女人。我觉得倒是金庸和朋友喝了酒之后，一时高兴应酬的场面话，不能当真。

这样说不表示林燕妮写文章不行，只是小说来来去去写爱情关系而已。张爱玲也写很多爱情，问题是处理文字的深刻度、感悟能力，还有文学的比喻、笔法，这才是重要的。用这些标准来说，林燕妮的文章可算是城市小品文，城市里的小说。

她自己说，她还有小说一直想写，但没写。她想写一个女人有四个男人，她就觉得女人应该用自己的标准来生活。她写过这样的文字说，女人，争点气吧，人生苦长，为什么不享受爱情的福气，只懂得用男性的尺度去看自己。这其实也是对的。

她一辈子很懂得打扮，我找她去录了《锵锵三人行》的节目，她很懂得去建立她的人脉。当然，如果你受不了的话，会觉得她很霸道。一些媒体工作的朋友说，很怕访问她，替她拍照，因为她一定会要求上封面。我有个朋友负责国外引进来的一本女性杂志，专门访问她。可是她一定要求上封面，而且指定在什么地方，找最好的化妆师、摄影师，花最多的钱来拍，排场非常大。

当然，她那么聪明的女人，懂得用什么方法对付什么人。比如到了酒店拍照的地方，她会对着那些洋人经理，发挥她女性的魅力。一方面说，不要用男人的尺度来绑着自己，可是另一方面她又懂得利用男人的心理，用媚态、妖艳的样子让洋人经理答应她想做的事。

可是，我倒有一点不明白，林燕妮的脸上有一颗很大的痣，假如这么多年来，她的脸部加工又加工，为什么偏偏不点掉这颗痣。她可能看过面相，虽然是读遗传学的科学家，可是迷信。也可能背后有高人指点，说这颗痣能带来福气，不能去掉。

她很懂得怎么建立人脉来做事，她自己也说了，我们每个人自己就是一种文化，如何销售自己，也是一种文化。要把握机会，抓住机会，把自己美好的一面销售出去。是"卖出"，不是"出卖"。出卖自己是一件很痛苦的事，可是卖出自己，那就是你的资产。当然，说到底也要善贾而估，不要低价卖，要卖个好价钱，这是销售自己的最高智慧。这些话别人来讲有点空虚，每个人都知道，可是林燕妮几十年来，把自己作为一个示范，她的说服力就比较大。

不管怎么说，林燕妮过了自己想要的一生。当然也有遗憾，比如刚提到她没有完成写她所有男朋友的书，还有她觉得多多少少被爱情伤害了。她当然从来没有说，她有没有或如何伤害了别的男人。我猜她是不会说的，这是林燕妮，风华绝代的传奇女性。

阅读小彩蛋

分享林燕妮晚年写的,跟她生命也有关系的一些话:

故梦重逢,借路浮生。活着是一生,睡着来个梦又似活多一生。活得好,梦得也好时,是对生命的感恩。

假如黄霑是放浪才子,林燕妮就是浪漫才女,也是传奇的浪漫才女。